돌아온 배

흥남철수 비하인드 스토리

지은이 **민혜숙**(閔惠淑, Min Hyesook)

연세대학교 불어불문학과와 동 대학원 석·박사로 대원여고와 외고에서 불어교사를 역임했다. 광주로 이주 후 전남대학교 국어국문학과에서 다시 박사학위를 취득했다. 1994년 『문학사상』 중편소설에 당선되어 소설가로 활동하여 『서울대 시지푸스』, 『황강 가는 길』, 『사막의 강』, 『목욕하는 남자』, 『세브란스 병원 이야기』 등의 소설집을 펴냈다. 『조와』, 『문학으로 여는 종교』, 『한국문학 속에 내재된 서사의 불안』 등의 저서와 『종교 생활의 원초적 형태』를 비롯한 여러 권의 역서가 있다. 전남대학교·광주대학교에서 학생들을 가르쳤으며 호남신학대학교에서 조교수를 역임하고 현재 겸임교수로 있다.

돌아온 배 홍남철수 비하인드 스토리

초판 인쇄 2018년 7월 15일 **초판 발행** 2018년 7월 20일

지은이 민혜숙 **펴낸이** 공홍 **펴낸곳** 케포이북스

출판등록 제22-3210호 **주소** 서울시 서초구 반포대로14길 71 302

전화 02-521-7840 **팩스** 02-6442-7840 **전자우편** kephoibooks@naver.com

값 10,000원

ISBN 979-11-88708-02-4 03810

ⓒ 민혜숙, 2018

민혜숙 │ 실화소설

흥남철수
비하인드 스토리

돌아온 배

My Grandfather's Ship

케포이북스
KEPHOI BOOKS

꽃들이 앞을 다투어 피고지고 봄은 무르익는데 난데없이 입가에 맴도는 노래 한 줄.

'보리밭 사잇길로 걸어가면 뉘 부르는 소리 있어 나를 멈춘다.'

그런가, 누가 나를 불러 세웠을까? 돌아보니 아무도 보이지 않고 저녁놀 빈 하늘만 눈에 찬다고 시인은 노래한다. 요즈음 자꾸 뒤를 돌아보는 것이 그동안 살아온 세월이 등 뒤에 많이 쌓였나 보다. 앞만 보고 걷던 걸음을 멈추고 뒤를 돌아본다. 아니, 내가 살아보지 않았던 역사의 먼 뒤안길을 잠잠하게 바라보고 선다. 그리고 그 길에서 나를 불러 세우는 작은 소리에 귀를 기울인다.

포니 대령과 현봉학, 그리고 흥남철수의 주인공들이 귓가에 속삭인다. 우리를 잊지 말라고, 한번쯤 돌아봐 달라고, 그 부름에 따라 망각의 늪에서 소리를 건져내보았다. 제대로 건졌는지는 독자들이 판단할 일이다. 소설보다 더 믿기 어려운 일이 매일 벌어지고 있는 요즈음 드라마보다 더 극적인 역사의 드라마 한 편을 올리고자 한다.

책 만들기가 참 어려운 세상에 글을 책으로 묶어주시는 케포이북스의 여러분들께 감사드리며 이 책이 많은 사랑을 받아 그 은혜에 조금이라도 보답하기를 소망한다.

차례

1장

저는 군사학교로 갑니다

1

우리는 때때로 자신에게도 설명할 수 없는 어떤 미묘한 힘에 이끌리는 경험을 한다. 마음이 쏠린다는 표현은 이 경우에 가장 적합한 말인 것 같다. 마음이나 눈길이 어떤 대상에 끌려서 한쪽으로 기울어지는 것이 그 말의 진정한 의미라면 더욱 그렇다. 왜? 라는 물음에 콕 짚어서 설명할 수는 없지만, 생각하지 않으려고 해도 자꾸만 떠오르는 무엇인가에 마음이 확 기울어져서 주체하기 어려운 때가 있다. 연애 감정에 젖어 본 사람이라면 일상 생활에 지장을 줄 만한 어떤 묘한 홀림을 느껴봤을 것이다. 아마도 게임에 푹 빠진 청년들이 경험할 만한, 피하려 할수록 집요하게 따라다니는 어떤 홀림을 무엇이라고 설명해야 할까.

인간은 이성적이고 합리적인 존재라고 하지만 정작 자신의 운명을 결정하는 중대한 기로에 있을 때를 돌이켜 보니 전혀 그렇지 않은 것 같다. 수많은 망설임 끝에 행해지는 마지막 판단은 결국 설명할 수 없는 어떤 쏠림에 이끌려 한순간 결정된다는 것을 나이 들어보니 어렴풋이 알 것 같다. 여러모로 따져보고 샅샅이 훑어보지만 결국 왜 그 대학에 진학하고, 왜 그 전공을 택했는지, 왜 하필이면 그 집을 사들이고, 그 사람과 결혼하게 되었는지 가만히 돌이켜 보라. 오랫동안 숙고하고 따져보지만 어떤 선택이 행해지는 순간, 모든 것을 결정하는 것은 순간적인 어떤 미묘한 흔들림이나 그 순간의 마음의 쏠림 때문이 아니었을까. 우리는 마음 가는 대로 이미 점찍어 두고 그것을 합리화시킬 여러 가지 구실을 찾고 있었던 것은 아닐까. 보는 관점에 따라 그런 마음의 쏠림을 운명이라고 부를 수도 있고, 종교인이라면 신의 인도하심이라고 할 수 있겠다.

돌이켜 보니 나에게도 예기치 못한 일이 몇 번 있었다. 누구나 자신의 앞일을 알 수 없지만 얌전하게만 보이던 내 아들이 뜻밖에 군사학교에 가겠다고 했을 때, 나는 얼음조각이 전신을 훑고 지나가듯 전율했다.

"아버지, 저 시터델에 가고 싶어요."

"뭐?"

사실 그 존재를 알고는 있었지만 한 번도 나와 연관지어 생각해보지 못한 그 학교의 이름을 들었을 때, 나는 마치 잘못 들은 것처럼 뭐? 라고 되물었다. 왜 가고 싶으냐? 혹은 그 학교의 어떤 점이 마음에 들었느냐? 는 정상적인 반응대신에 뭐? 라는 단음절을 신음하듯 내뱉었을 뿐이다. 시터델이라면 유명한 군사학교가 아닌가? 내 아들이 군사학교에? 갑자기 숨이 턱 막혔다. 그 학교는 입학하기도 전에 신입생에게 강훈련을 시키기로 이름이 나 있었다.

"사우스캐롤라이나에 있는 군사학교요. 아버지, 잘 모르세요?"

놀라는 나의 표정을 보더니, 아들은 의외라는 듯이 되물었다.

"아니, 알고 있다."

나는 떨떠름하게 대답했다. 갑작스런 일인 만큼 별다른 반응을 보일 수조차 없었다. 어차피 내 힘으로 막을 수 없다는 예감으로 이미 그쪽으로 끌리고 있는 아들을 그저 멍하게 바라볼 뿐이었다. 한편으로는 올 게 왔구나, 라는 체념에 가까운 절망감이 순식간에 나를 엄습했다.

"그런데……, 너는 어떻게 그런 생각을……, 왜 군인이 되고 싶니?"

나는 침착하게 마음을 다잡았지만 느닷없이 강한 펀치를 맞았기 때문에 비틀거리지 않을 수 없었다. 그러나 아들에게 놀란 모습을 보이고 싶지 않아서 목소리가 떨리지 않도록 무진 애를 썼다. 아들이 내 심정을 눈치채지 못하도록 최대한 감정을 자제하며 심호흡을 했다.

"군인이 되면 활기찬 인생을 살 것 같아요. 아버지처럼 사무실에 앉아서 일하는 것도 좋지만, 저는 넓은 세상을 맘껏 누비면서 살고 싶어요."

그렇게 대답하는 아들은 미래에 대한 꿈으로 얼굴이 환하게 빛났다.

"언제부터 그런 생각을 했니?"

나는 될 수 있는 대로 최대한 태연을 가장했다.

"꼭 언제라고 정확하게 말씀드릴 수는 없어요. 그런데 책상 앞에 앉아서 공부를 하다 보면 갑갑해져요. 평생 책상 앞에서 살아야 한다고 생각하면 견딜 수 없을 것 같아요. 저는 바람을 맞으며 밖에서 하는 일을 하고 싶어요."

"그래, 하지만 훈련과정이 쉽진 않을 거야. 평화로울 땐 괜찮지만……, 전쟁이라도 나면……, 그런 생각을 해 봤니?"

"평화롭길 빌어야죠. 하지만 누군가 나가서 싸워야 한다면 굳이 피하고 싶지 않아요. 게다가 학비도 안 들잖아요. 졸업한 후에 학비융자 갚을 일도 없고요."

하마터면 네 학비 정도는 대줄 수 있다는 말이 바로 튀어나올 뻔했다. 회계사의 연봉은 높은 편이었고 다행스럽게 일감도 안정적으로 들어왔기 때문이다.

"네 결심이 그렇다면 한번 지원해보는 것도 좋겠구나. 물론 합격은 되겠지?"

"아마 성적은 괜찮을 것 같고, 신체검사에도 걸리지 않을 것 같아요."

아들 네드는 싱긋이 웃었다. 그 애가 저 정도로 말한다면 반드시 합격할 것이다. 네드는 신중한 성격이라 결코 과장하지 않는다. 하지만 내 마음 한 구석에선 무엇인가 꼬투리가 잡혀서 불합격되었으면 좋겠다는 생각이 슬그머니 자리를 잡았다. 그럼에도 불구하고 네드는 아마 합격할 것이라는 확신에 가까운 불길한 예감이 들었다. 내가 아무리 말린다고 해도 기어이 제가 선택한 길을 가고야 말 녀석이었다. 나의 유전자 속에 군인의 피가 내려오고 있었나, 어떻게 그 많은 학교 중에서 하필이면 국방대학을 택하는 것인지. 하지만 제 인생이니 제가 알아서 하겠거니 스스로 마음을 다독이는 수밖에 다른 방도가 없었다.

네드가 제 방으로 가고 난 후, 나는 가만히 생각에 잠겼다. 무엇이 네드로 하여금 군인이 되고 싶게 했을까. 나는 그 녀석을 키우면서 의도적으로 조용한 쪽으로 유도했다. 책을 많이 읽게 하고 역사와 소설, 음악을 접하도록 했다. 그래서 일부러 전시회나 음악회에 더 자주 데리고 다니지 않았던가. 지적인 데다 우아하고 교양 있는 미래의 아들에 대한 나의 기대 속에 애초부터 군인의 이미지는 없었다. 녀석은 나의 바람대로 건강하고 활기찼으며 매사에 긍정적인 밝은 청년으로 자라났다. 그런데 왜 갑자기 군인의 길을 가겠다는 것일까.

"아버지, 시터델에서 군사훈련만 받는 것은 아니에요. 리더십 교육도 받고 또 세부 전공이 있어요. 저는 거기서 정치학을 공부하려고 해요."

"그렇다면 정치를 할 작정이냐?"

"꼭 그렇지는 않아요. 군인이 되더라도 인간관계, 국제관계, 국가 간 역학관계에 대해서는 잘 알아야 하잖아요. 그래서 일단 정치학을 공부해 보려고요. 아빠가 걱정하시는 게 무엇인지 짐작이 가요. 걱정 마세요."

네드는 고른 치아를 드러내며 밝게 웃었다.

"내가 뭘 걱정하는 것 같은데?"

나는 네드와 대화를 길게 하고 싶어서 자꾸만 말을 붙였다. 그래야만 나의 놀란 마음이 조금이라도 진정될 것 같았다.

"정치에 대해 관심이 있다면 일반 대학에 진학하는 편이 더 나을 것 같다. 이왕이면 폭넓게 여러 면으로 공부할 수 있을 거야."

"아버지는 제가 무식한 군인이 될까봐 걱정하시는 거잖아요. 저는 그렇지 않을 거예요. 지혜롭고 용맹한 군인이 될 거예요."

"나는 네가 무식한 군인이 되리라고 걱정해본 일이 없다. 너는 책도 많이 읽었고 지적인 훈련도 잘 받은 아이다. 다만 내가 걱정하는 것은 군인이 되기로 한 것은 너의 선택이지만 나중에 네가 결혼해서 가정을 꾸렸을 때 가족들이 그것을 잘 받아들일지 염려가

될 뿐이야."

"저를 이해하는 여자와 결혼하면 돼요."

네드는 자신만만하게 웃었다. 나는 고개를 끄덕일 수밖에 없었다. 아직 일어나지도 않은 일을 가지고 미리 네드의 마음을 상하게 하고 싶지 않았다.

네 아내가 될 사람은 너를 이해한다지만 네 자식까지 너를 이해할 수 있을까? 그 애는 군인의 아들로 태어난 운명에 만족하며 살아갈 수 있을까? 네 아들이 군인 아빠를 선택한 일이 없다면 숙명적으로 군인 아버지를 받아들여야 하는 것 아니겠니. 마치 우리가 이 세상에 태어날 때 부모와 가정과 지역과 국가를 선택할 수 없듯이 말이다. 그렇다면 그게 바로 운명이라는 말이구나. 너의 미래의 운명과 잘 화해했으면 좋겠다.

'아버지'

나는 속으로 아버지를 불러보았다. 쉬우면서도 참 어색한 단어다. 그러고 보니 아버지를 소리 내서 불러본 기억이 가물가물하다. 내게 아버지가 있었던가. 나는 내 아버지의 아들로 태어난 운명을 순순히 받아들였던가.

'아버지, 아빠'

이번엔 소리를 내서 불러본다. 입 밖으로 나온 음성이 아주 낯설다. 대화의 상대가 없어 다시 내게로 돌아오는 내 목소리가 이렇게 낯설다니. 아들이 나를 부르는 소리를 듣는 것에 익숙해서인지 내가 아빠를 부르자니 몹시도 어색하다. 갑자기 내가 아주 어린아이가 되어버린 것 같다.

2

시터델에 가겠다고 아버지께 말했을 때, 아버지의 반응은 좀 당혹스러웠다. 물론 내성적인 아버지의 성격으로 미루어 보면 군사학교에 가겠다는 걸 반기지 않으리라는 것쯤은 예상하던 바였다. 그럼에도 불구하고 아버지가 그렇게 당황하는 모습은 약간 충격적이었다. 겉으로는 아무 말씀이 없었지만 아버지는 적지 않게 당황하고 있었다. 아버지의 목소리가 미세하게 떨리고 있었다. 지금까지 경험으로 미루어보면 아버지의 목소리가 떨리는 것은 내심 상당히 놀랐다는 이야기다. 평소에 자상하고 가정적인 아버지, 성실한 가장이지만 아버지는 그만큼 속내를 쉽게

드러내지 않는 분이다.

왜 군인이 되고 싶으냐는 물음에 솔직하게 대답할 수 없었다. 아니, 솔직하게 대답해서는 안 될 것 같은 어떤 직감이 나를 붙들었다. 그럼 솔직하게 군인이 되고 싶은 이유는 무엇일까? 막상 명확한 이유를 찾으려고 하니 무엇이라고 짚어 말하기가 힘들다. 왠지 군인이 되고 싶다거나 되어야 할 존재라고 한다면 너무 거창한 표현일까. 그냥 한번 활동적인 삶을 사는 것도 괜찮겠다 싶었다. 과연 그게 전부였을까. 나 자신도 혼돈스러웠다. 왜 군인이 되려고 하는 거지? 입학을 위한 에세이에 쓴 대로 사나이답게 나라를 지키고 정의를 수호하고 약한 자를 돌볼 수 있는, 용기 있는 사람이 되고 싶었을까? 과연 그것뿐이었나. 아니면 학비 걱정할 필요가 없는 학교라서? 어느 정도 부분적인 이유가 되겠지만, 그것이 내 인생의 방향을 결정지을 만큼 절실한 이유는 아닌 것 같았다.

'그럼, 왜?'

언제부터, 왜 군인이 되고 싶었을까. 나는 생각을 더듬어 보았다. 왜 군인이 되려고 했던 거지? 언제부턴가 막연하게 군인이 되고 싶었고, 당연히 그래야 할 줄로 생각했는데, 왜? 라는 물음 앞에서 갑자기 길을 잃은 것 같았다.

하긴 좋아하는 데 이유가 있나? 때로는 공연히 그렇게 하고 싶어지는 일이 있는 법이다. 그냥 하고 싶은 일에 굳이 이유를 달아야 직성이 풀리나? 스스로 마음을 다독거리고 있는데 갑자기 내 눈앞에 하나의 영상이 떠올랐다. 일곱살 때인가 지하실에서 놀다가 골판지 상자 안에 들어있던 커다란 배를 우연히 발견했던 기억이 세차게 꿈틀거리며 살아났다. 어린 눈에 보기에도 근사하게 멋진 군함이었다. 숨이 멎을 정도로 아름다운 배가 나의 어린 눈을 사로잡았다. 이런 배가 왜 지하실에 있을까? 어린 마음에도 의문이 풀리지 않았다. 그 날 나는 아빠가 퇴근하기를 기다려서 자랑스럽게 이야기를 꺼냈다.

"아빠, 우리 집에 아주 멋진 배가 있어요."

아빠는 나를 안아주다가 멈칫 멈춰 섰다. 그리고 아무 말도 하지 않았다. 어디서 그 배를 보았냐, 어떻게 생겼냐고 묻지도 않고 아예 내 말을 듣지 않은 것처럼 아무런 반응이 없었다. 지금 생각해 보니 마치 내가 군사학교에 가겠다고 말했을 때와 비슷한 반응이었던 것 같다. 그리고 우리는 아무 일이 없던 것처럼 저녁 식사를 하고 잠자리에 들었다. 아빠가 화가 난 것 같기도 하고 아닌 것 같기도 했지만 아빠의 그런 반응은 어린 나에게도 참 이상하게 여겨졌다. 내가 잘못 본 것일까, 다음날 조심스럽게 지하실에 내려갔을 때 나는 배가 들어있던 상자를 찾을 수 없었다. 가만가만 지하실 구석을 여기저기 살폈지만 배는 보이지 않았다. 내가 잘못 보았던 것일까? 그림책에서 본 것을 우리 집에 있다고 착각했을까? 엄마한테 물어보았지만 엄마는 오히려 "우리 집에 배가 있어?" 하고 눈을 동그랗게 떴다. 어린 나이에도 아빠에게 배의 출처를 물어서는 안 된다는 것을 직감으로 느끼고 있었다.

그 후로 나는 배에 대해서 말하지 않았다. 말을 꺼내진 않았지만 그 배는 내 머릿속에서 점점 더 멋있게 살아나기 시작했다. 그림책을 볼 때, 동화책을 읽을 때, 보물섬을 찾아가는 후크 선장의 이야기를 읽을 때도 모든 배의 기준은 내가 지하실에서 보았던 그 멋진 배였다. 나는 밤마다 침대에 누워 그 배를 타고 전 세계를 누비는 꿈을 꾸었다. 아마 그 때부터 왠지 군인이 되고 싶다는 생각이 싹텄을지도 모른다. 배를 타고 상륙작전을 하고, 총을 들고 전장을 누비며, 전투기를 몰고 적진을 교란시키는 활동을 하는 내 모습을 상상하면서 즐거워했다.

초등학교에 입학할 즈음에 우리 반 아이의 아버지가 인도차이나 전쟁에 참전했다가 베트남에서 돌아왔다. 동네 사람들이 그를 반기며 환영하는 모습이 당시 나의 어린 눈에는 동화 속의 주인공처럼 황홀하게 비쳤다. 물론 어려운 고비를 겪고 살아 돌아온 참전 용사였다는 것을 나중에 알게 되었지만 그때는 영웅으로 보였다. 무엇이든 속속들이 다 알고 나면 매력이 떨어지는 법이다. 어설프게 잘 모를 때, 나의 환상 속에서 그 아저씨와 배가 조합을 이루어서 얼마나 멋진 콤비로 활동했던가.

그렇다고 내가 전쟁놀이를 좋아했던 것은 아니다. 실제로 전쟁을 좋아하는 사람은 극소수의 예외적인 인간을 제외하고는 아마 지구상에 존재하지 않을 것이다. 그래서인지 내가 군인이 되더라도 전쟁이 일어나지 않을 것 같은, 근거 없는 확신이 있었다. 절도 있게 걷고 인사하고, 줄이 잘 세워진 군복을 입고 당당하게 걸어가는 내 모습을 상상만 해도 왠지 모를 힘이 솟아났다고 하면 아마도 군인이 팔자소관이라고 할 것이다. 막연하게 미래의 군인이 될 것이라고 생각하면서 자세도 바르게 앉고 가능한 한 절도 있게 행동하는 모범생이 되었다. 나는 아버지의 눈에 나무랄 데 없는 모범생이었고 속을 썩이지 않는 착한 아이였다. 성적도 좋았고 무슨 일이든 책임감을 가지고 성실하게 해냈다. 내 옷장에는 옷들이 가지런히 걸려 있었고 책상 위도 깔끔하게 정리되어 있었다. 우리 집은 대체로 깔끔해서 누군가 예고 없이 방문을 하더라도 별로 당황할 일은 없었을 것이다.

아버지가 나에게 구체적으로 무엇이 되라고 요구한 적은 없지만 아마도 의사 혹은 변호사가 되거나 아니면 아버지처럼 회계사가 되기를 원했던 것 같다. 그런데 한마디 의논도 없이 느닷없이 시터델 군사학교로 진학하겠다고 했으니 아버지의 놀라움이 컸을 것이다. 시터델은 그리 멀리 떨어지지 않은 사우스캐롤라이나의 찰스턴에 있었다. 물론 거리가 문제가 아니라 아버지는 내가 군인이 되겠다고 한 말에 충격을 받은 것 같았다. 다른 사람들은 단정하고 절도 있게 행동하는 내가 군인으로 적합한 사람이라고 입을 모은다. 그러나 아버지는 내가 군인이 될 것이라는 생각을 한 번도 해 본 일이 없는 것 같았다. 아마도 시간이 지나면 내가 군인에 적합한 사람이라는 사실을 차차 깨닫게 되실 것이다.

3

아들이 시터델로 떠난 후 표면적으로는 평화로운 일상이 이어졌다. 겉으로는 아무런 변화가 없었다는 이야기다. 아내와 나는 잘 지내고 있었고, 자식이 자라서 어느 나이가 되면 떠날 것을 이미 알고 있었기에 큰 충격은 없었다. 그러나, 그런데, 그럼에도 불구하고, 네드가 시터델이 아닌 다른 대학에 진학했다면 어땠을까. 무엇인가 가슴 한편이 싸아 하게 아려오는 것은 늘 함께했던 네드가 집을 떠날 나이가 되어 둥지를 떠났기 때문인지, 하필이면 시터델에 갔기 때문인지 곰곰이 돌이켜 본다. 나는 누구보다도 가정을 잘 지키는 아버지가 되고 싶었다. 그래서 아이와 많은 시간을 보내려고 마음을 썼다. 내 아내, 내 아이를 따뜻하게 감싸고 보호하는 우산이 되고 싶었고 또 그렇게 최선을 다했다.

항상 같이 지낼 것 같던 네드가 건장한 청년이 되어 집을 떠났다. 아이가 크지 않고 그대로 있으면 좋겠다고 언젠가 아내가 말한 적이 있다. 아이들은 성장해야 한다며 아내에게 퉁바리를 주었는데, 이제 그 심정을 조금은 알 것 같다. 귀엽고 사랑스러운 아들, 목숨을 내주어도 아깝지 않을 것 같던 아들이 장성해서 더 이상 품안에 들어오지 않았다. 내가 안고 있기에 아들은 너무 커졌고 상대적으로 나는 작아지고 있었다. 그래, 더 넓은 세상으로 큰 꿈을 가지고 날아가거라. 머리로는 그렇게 생각하고 입으로도 격려를 했지만 마음은 여전히 허전했다.

네드가 시터델에 가는데 나는 왜 배신감을 느끼고 있는가? 그렇게 건장하고 긍정적인 아이가 당연히 선택할 수 있는 대학인데, 나는 왜 진심으로 축하하지 못했을까? 나의 떨떠름한 표정을 보고도 제 고집대로 그 대학으로 진학한 네드에 대한 섭섭함인가? 그 애는 나를 위해 자신의 결정을 한 번쯤 번복할 수도 있지 않았을까? 그런데 왜 나는 아들의 결정이 못마땅한 것일까? 그러고 보니 나는 네드에게 시터델이 마음에 들지 않는다고 말한 적은 없었다. 막상 아들이 왜냐고 물어온다면 대답할 만한 근거도 없다. 하지만 싫은 데 이유가 있나? 그냥 싫은 것이지.

네드가 시터델에 진학한 후로 왠지 그 애와 나 사이에 보이지

돌아온 배

않는 어떤 선이 그어진 것 같았다. 나만 그런 것이 아니고 네드 역시 그렇게 느끼고 있는 것 같았다. 무엇이라고 설명할 수는 없어도 우리는 하나였다가 해체된 물체처럼, 아니 금이 가버린 도자기처럼 다시 온전히 회복되기에는 불가능한 어떤 불길한 예감 같은 것을 가지고 있었다.

네드는 입학식 때 네이비 군복에 눈부신 흰 바지 차림으로 나타났다. 인정하고 싶지 않지만 잘 어울리는 복장이었다. 입학식에 불참할까, 잠시 그런 생각으로 흔들린 적이 있다. 그러나 뚜렷한 이유 없이 내 아들에게 상처를 주고 싶지 않았고, 솔직히 고백하자면 시터델에 한번 가보고 싶은 마음이 있었다. 내 아들이 그토록 가고 싶어하는 곳이 과연 어떤 곳인지 눈으로 확인해야 마음이 진정될 듯 싶었다. 그런데 나와 엄마를 보고 환하게 웃는 그 애의 모습에서 나는 언뜻 누군가를 본 것 같았다.

내 안에 깊이 숨겨진 그 얼굴이 네드의 얼굴에 겹쳐졌다. 아니, 그 남자보다는 내 아들 네드가 훨씬 더 사내답고 건장한 것은 부모의 편견이 아니라 객관적인 사실이었다. 네드는 그 남자보다는 선이 더 굵었다. 하지만 네드가 햇살에 눈살을 약간 찌푸리는 표정이 그를 생각나게 했다면 네드는 그와 닮아가고 있는 것일까. 나는 지하실의 모형 배를 상자 속에 밀어 넣어버리듯이 그 얼굴이 다시 올라오지 못하게 숨을 크게 들이쉬었다. 온화하게 미소 짓는 표정 밑에 전혀 다른 기질이 숨어있는 얼굴이었다. 그래서 더 용서할 수 없는, 아니 용서하고 싶어도 이미 이 땅에 없는 사람.

그가 지금 네드의 모습을 보았다면 흐뭇하게 웃었을까. 그 생각이 떠오르자마자 갑자기 네드와 그가 한편이 되어 나를 비웃고 있는 것만 같았다. 나는 네드에게 그에 대해서 말한 적이 없다. 아내에게도 말하지 않았으니까, 네드는 엄마를 통해서도 그에 대해서 알 턱이 없는 것이다. 그런데 어쩌자고 네드는 그를 닮아가고 있는 것일까.

4

아버지는 우려했던 것과는 달리 입학식에 참석하셨다. 아버지가 뭔가 숨기고 있는 것 같았다. 겉으로는 반대를 하지 않았지만 달가워하지 않는 아버지의 표정이 내내 나를 불편하게 했다. 우리는 입학 전부터 훈련을 받았기 때문에 입학식의 사열식이나 퍼레이드를 지켜 본 부모님들은 늠름한 아들들을 대견스럽게 여기는 분위기였다. 군복을 입은 아들을 보니 정말로 다 컸구나, 이제는 너희들이 성인이구나, 하는 성년식 통과의례와 같은 입학식이었다. 다른 부모들처럼 아버지도 웃으며 박수를 보내주었지만 예전과는 다른 어떤 분위기가 아버지를 짓누르고 있었다. 입으로는 웃고 있었지만 내가 시터델에 온 것, 그리고 군복을 입고 있는 것이 마뜩찮은 눈치였다. 나는 그 이유를 모른다. 다만 아버지가 군인보다는 더 안정적인 직업을 가지길 원한다는 것 정도만 어렴풋이 느끼고 있었다.

내가 입고 있는 제복은 마치 해군처럼 흰 바지와 네이비 컬러의 상의였다. 이 제복을 받았을 때 나는 언젠가 지하실에서 보았던 멋진 군함을 타는 나의 모습을 상상했다. 그 배가 어디에 있는지 알 수는 없지만 언젠가 그런 배를 타고 전 세계를 항해할 것이다. 그러고 보니 지하실에서 만났던 그 배가 이 학교로 나를 불러낸 것이 아닐까? 어떤 운명의 끌림 같은 것이 존재하는 것 같았다. 혹시 아버지가 감추고 있는 그 무엇이 지금의 나와 관련이 있지 않을까? 그래서 아버지의 심기가 불편한 지 알 수 없는 일이다. 그러나 아버지는 나의 의견을 존중하는 분이고 절도 있고 바르게 살아오신 분이다. 그분에게 수치스러운 어떤 비밀이 있을 것 같지는 않다.

하필이면 해병!

1

군사학교를 졸업했으니 군인이 되는 것은 당연한 수순이다. 그 당연한 순리에 따라서 네드는 해병대에서 근무하게 되었다. 하필이면 해병이라니. 그 아이가 군대 생활에 잘 적응하길 바라면서도 여전히 탐탁해 하지 않는 나 역시 모순에 찬 존재다. 왜 나는 마음을 좀 더 넓히지 못하는 것일까. 이 나이가 되도록 그렇게 옹졸한 마음을 가지고 있는 것일까. 다른 집 아이의 경우였다면 칭찬을 아끼지 않았을 것이다. 그런데 왜 네드에 대해서 나는 마음을 내려놓지 못하고 있는 것일까. 네드가 잘못하고 있는 것이 아님에도 불구하고 왜 그 아이의 인생을 내가 원하는 대로 이끌어 가고자 하는가. 하루에도 몇 번이나 마음을 돌리려고 애를 썼지만 잠시 방심하는 사이 마음은 원래의 고집스런 자리로 되돌아가고 만다.

이유도 알 수 없는, 왠지 억울한 감정이 나를 휩싸고 있다. 그동안 군인과는 가장 거리가 먼 방향으로 그 아이를 인도했던 것 같은데 어떻게 이럴 수가 있나. 군인만 아니면 다른 어떤 것도 다 좋다고 생각했는데, 그 많고 많은 직업 중에 하필이면 군인이 되고 싶은 것인지, 나의 일부가 허물어 내리는 것 같았다. 일부러 그 아이에게 책을 많이 읽게 하고 음악회에 데리고 다닌 것도 어쩌면 내 안에, 아니 네드의 핏줄 속에 남아 있을지도 모르는 야성을 길들이고자 하는 방법이 아니었을까. 그토록 얌전하고 소파에 파묻혀 책만 읽던 아이에게 무슨 일이 일어났던 것일까. 도대체 어디에서 갑자기 그런 야성이 되살아난 것일까.

그 애 앞에서 나의 입술은 여전히 웃고 있었지만 네드도 내가 흔쾌하게 박수갈채를 보내지 않는다는 사실을 느끼고 있었을 것이다. 아무리 생각해도 네드는 군대에 어울리지 않는 사람이라는 나의 뿌리 깊은 선입견을 나 자신도 떨치기 힘들었다. 이제 순순하게 사실을 인정하고 그 애의 앞날을 축복해 줄 때도 되었건만 왜 이렇게 마음이 풀리지 않는지, 나 스스로 해결해야 할 숙제였다.

네드는 밝고 긍정적인 천성을 가졌기 때문에 어디서나 잘 적응할 것이다. 입으로는 걱정을 했지만 내 아들에 대해 내심 그 정도의 신뢰는 있었다. 누구에게나 잘 적응을 할 것이고 사랑받을 것이라는 기대, 성실하게 살 것이라는 확신이 있었다. 좋은 여자를 만나서 가정을 잘 꾸려나갈 것도 의심하지 않았다. 아마 네드는 평탄하게 살아갈 것이다. 그렇게 세월이 흐르고 긍정적으로 생각을 바꾸었는가 싶다가도, 내 마음 한구석에는 앙금 같은 것이 가라앉아 있었다.

군인의 아내는 어떤 여자일까, 특별한 사람일 것 같지만 돌아보면 어머니처럼 지극히 평범한 여인도 군인의 아내가 되었다. 남편과 떨어져 사는 데다 근무지를 자주 옮겨야 하는 어려움이 있었지만 어머니는 별 불평 없이 아버지를 잘 이해하고 따랐던 것 같다. 이제 세상이 많이 바뀌어서 온순한 여자를 찾기 어려운 시대가 되었다. 하지만 네드에게 좋은 여자가 생기길 바라는 수밖에 부모로서 할 수 있는 일은 없었다. 그래도 다행스럽게 네드는 여자 친구를 잘 사귀었던 것 같다. 어느 날 좀 가냘프게 보이는 여자 친구를 데려와서는 소개를 시키고 싶다고 했다. 몸피가 좀 약해 보이긴 했지만 여자니까 흠이 될 것은 없었다. 적당히 날씬한 아가씨는 지극히 평범하고 모난 데가 없어 보였다. 다행이었다. 하지만 그녀는 군인의 아내가 어떤 것인지 알고 있기나 할까.

"군인이 되면 아무래도 집을 비워야 할 일이 많을 것 같은데, 괜찮겠어요?"

식사를 마치고 분위기가 부드러워진 틈에 나 대신 아내가 조심스럽게 물었다.

"글쎄요. 저도 제 일이 있으니까요……. 군인인 줄 알고 결혼하는 건데요."

아가씨는 완전한 확답도 아니고 모호하게 그러나 웃으면서 긍정적으로 대답했다. 알고 결혼한다고 해서 끝까지 용납되는 것은 아니라는 사실을 젊은이들은 잘 모를 것이다. 나는 어머니가 홀로 나를 키우며 얼마나 힘들어 했는지 알고 있었다. 어머니는 남편이 있는 과부나 다름없었다.

그래서인지 어머니는 내가 대학에 입학하자마자 아버지의 해외 근무를 핑계 삼아 먼 나라로 가셨다. 마치 내가 대학에 진학하기를 기다렸다는 듯 서둘러 아버지와 함께 아주 먼 나라로 떠났다. 극동 지역에 있는 한국이라는 작은 나라였다. 내가 1957년에 대학에 진학했으니까, 아마 아버지는 오십 세가 다 되어 군인으로는 은퇴가 가까운 나이에 먼 나라로 해외 근무를 떠난 셈이다. 어릴 때는 홀어머니 밑에서 자라다가 대학에 가면서 나는 아주 고아 신세가 되어 버렸다.

아버지는 해병대의 군인이었다. 당연한 일이지만 군인 아버지는 집에 있는 날이 드물었다. 1909년에 태어난 아버지는 군인으로서 파란만장한 삶을 살았을 것이다. 아버지의 젊은 시절에는 큰 전쟁들도 많았다. 아버지가 급기야 세계대전에까지 참전한 것을 미루어 보면 멀쩡하게 살아남은 게 기적일 것이다. 사실 나는 아버지에 대해서 잘 모른다. 그의 얼굴을 본 기억조차 희미하기 때문이다. 내가 태어날 때쯤 그는 카리브해의 작은 섬나라 아이티에 있는 해군여단에서 근무하고 있었다. 그리고 제2차 세계대전 중에는 솔로몬 제도의 부겐빌 섬에서 3사단 소속으로 치열한 전투를 경험했다고 한다. 어머니의 말을 토대로 나중에 알아낸 것이지만 아버지는 제2차 세계대전 때 일본군과 가장 극렬한 전투가 벌어졌던 과다카날 섬에서 3사단 소속으로 전투를 치렀다고 했다.

어릴 때 엄마와 함께 교회에 가서 아버지가 무사히 돌아오게 해달라는 기도를 드린 기억이 난다. 아버지의 얼굴도 잘 모르지만 엄마가 그렇게 기도를 하라고 가르쳐 주었기 때문에 나는 조용히 고개를 숙였다. 또 열심히 기도하는 엄마 옆에서 따로 할 일이 없었기에 '우리 아버지를 무사히 돌아오게 해주세요'라고 빌었던 것이다. 내가 초등학교에 입학하고 나서 전쟁이 끝났다. 동네에서도 사람들이 밝게 웃었고 집집마다 전쟁에 나갔던 사람들이 돌아오고 있었다. 우리의 기도대로 아버지는 무사히 돌아왔다. 엄마는 기쁨의 눈물을 흘렸고 아버지는 나를 꼭 안아주었다. 그런데 이 아저씨가 정말 나의 아버지라는 게 실감이 나지 않았다. 엄마와 둘이 살던 집에 아버지가 돌아오자 우리 집도 다른 집들처럼 구색이 갖춰지는 것 같았다.

엄마와 아버지와 나. 우리 세 식구는 교회도 함께 가고 쇼핑도 함께 했다. 아버지와 함께 사는 생활이 처음에는 어색하고 불편했지만 차차 익숙해졌다. 아버지가 선물로 가져다 준 큰 배는 유리박스에 담겨 거실 중앙에 놓여있었다. 아버지는 해군사관학교를 졸업했고 배에 대한 전문가였다. 특히 배를 항만에 유도해서 안전하게 정박시키는 데 탁월한 능력이 있다고 했다. 나는 이렇게 큰 배를 움직이는 아버지가 자랑스러웠다. 돌이켜 보면 우리 세 식구가 단란하게 살았던 그때가 가장 평화롭고 행복했던 시절이었던 것 같다. 물론 그동안에도 아버지가 항상 집에 있는 것은 아니었다. 어느 날 아버지는 갑자기 사라졌다가 다시 나타나곤 했다. 그러나 아버지는 가까이에 있었다. 언제나 부르면 달려올 수 있다는 안도감으로 엄마와 나는 허전한 마음을 달래곤 했다.

왜 그랬는지 이유는 모르지만 나에겐 다른 형제가 없었다. 다른 집에는 형제들이 많은데 나는 늘 외톨이였다. 거기에다 아버지까지 없으니 어깨가 처질 수밖에. 동네 사람들은 내 걸음걸이만 봐도 집에 아버지가 계신지 안 계신지 알 수 있다고 했다. 나는 의식하지 못했지만 그만큼 의기소침했다는 이야기다. 형이나 건장한 동생이 한편이 되어 놀이에서 이기든가 골목대장 노릇하는 것을 부러운 눈으로 바라볼 수밖에 없었다. 아버지와의 생활이 조금씩 적응이 되어 갈 무렵, 아버지는 또다시 먼 길을 떠났다. 한국에 전쟁이 나서 참전하는 것이라고 나중에 엄마가 말해 주었다. 그때 나는 매우 민감한 사춘기를 지나는 소심한 소년이었다. 나에게 가장 필요한 시기에 아버지는 멀리 떠나버린 것이다. 이제 나에게 아버지는 없다. 아버지의 잘못이 아니라는 것을 알고 있으면서도 어깃장이 들었다. 아버지 없이 살 수 있도록 스스로 나를 훈련할 것이다. 그런 오기가 독하게 나를 세워주었다.

2

그러나 운명은 반드시 만나야 할 사람을 마주보게 하는 마력을 지니고 있는 것 같다. 나는 시터델에서 우연히 할아버지의 존재를 알게 되었다. 아버지는 단 한 번도 할아버지 이야기를 입에 담은 적이 없다. 그래서 나는 할아버지의 존재가 미미한, 내가 무시해도 좋을, 어쩌면 모르는 것이 더 나았을 그런 사람이었을 것이라고 멋대로 규정하고 별다른 관심 없이 지내고 있었다. 어느 날 교관이 지나가던 내게 이름을 물었다.

"자네 이름이 뭔가?"

"네드 포니입니다."

"포니라구?"

"네, 그렇습니다."

"혹시 에드워드 포니 집안과 관련이 있나?"

"제 아버지 성함이 에드워드 포니입니다."

교관은 고개를 갸우뚱했다.

"이상하다. 이렇게 어린 아들을 두었을 리는 없고."

"자네 몇 년생인가?"

"1964년생입니다."

"그렇다면 불가능한 것도 아닌데……, 어머니 연세는?"

"44세이십니다."

그는 나를 한참 뚫어지게 바라보더니 알았다는 듯이 고개를 끄덕였다. 그때부터 비로소 나는 가계에 관심을 가지기 시작했다. 초등학교 다닐 때 그렸던 가족나무에도 할아버지는 없었다. 왜 그랬을까, 갑자기 호기심이 불같이 일어났다.

아, 바로 그때 할아버지와 아버지의 이름이 같다는 사실이 퍼뜩 떠올랐다. 맞아, 할아버지는 아버지에게 자신의 이름을 지어주었다지. 나는 곧바로 교관에게로 달려갔다. 그는 나이가 지긋한 전형적인 군인이었다.

"저어, 저번에는 갑자기 물으셔서 당황스러워 대답을 못했는데요. 저희 할아버지랑 아버지의 이름이 같습니다."

"그래? 그렇다면 자네가 포니 준장의 손자란 말인가?"

"……"

돌아온 배

나는 대답 대신 미소로 얼버무리고 말았다.

"그분은 정말 훌륭한 군인이었어. 자네도 잘 하리라고 믿네."

그토록 무참하고 창피한 일이 또 있을까. 남들이 알고 있는 나의 할아버지에 대해서 정작 나만 모르고 있다니. 당장 아버지께 전화를 해서 묻고 싶었지만 좀 더 생각해 보기로 했다. 왜 아버지는 할아버지에 대해 입을 다물고 있었던 것일까. 군인이었던 할아버지가 그토록 미웠을까. 이름도 같은 두 분 사이에 무슨 일이 있었던 것일까. 평소에도 말이 없고 속내를 표현하기를 꺼려했던 아버지는 늘 무엇인가 감추고 있는 것 같았다. 아버지 안에 감추어진 무엇인가는 할아버지와 관련되어 있음이 분명했다.

그 날부터 나는 할아버지의 행적을 더듬어 찾기 시작했다. 아버지와 동일한 이름을 가진 군인, 그분의 이름과 행적을 의외로 쉽게 찾을 수 있었다. 이렇게 가까운 곳에 존재하는 할아버지를 나는 왜 모르고 있었던 것일까. 기록대로라면 할아버지는 메릴랜드 아나폴리스에 있는 명망 높은 해군사관학교를 졸업하고 제2차 세계대전과 베트남 전쟁 그리고 한국전쟁에 참여해서 공을 세운 훌륭한 군인이었다. 나는 아버지 몰래 할아버지의 행적을 계속해서 찾기 시작했다.

가장 처음에 한 일은 아나폴리스에 있는 해군사관학교를 방문한 것이다. 해군사관학교는 시터델과 분위기가 약간 달랐다. 좀 더 고풍스런 건물과 바다를 끼고 있는 넓은 연병장, 네이비블루와 흰색의 멋진 조화가 이루어진 곳이었다. 할아버지가 이 학교를 다니셨구나. 복도를 걸으며, 연병장을 서성이며 아마도 이곳에 나의 할아버지의 발자국이 찍혔을 것이라는 생각만 해도 감격스러웠다. 나는 이리 저리 거닐며 할아버지가 남긴 흔적 위에 나의 발자국이 포개지기를 소망했다. 얼굴도 모르는 할아버지가 나를 여기로 불러낸 것은 아닌가, 신비한 인연에 대한 벅찬 느낌으로 가슴이 뻐근했다.

아, 무엇보다도 방문자센터 입구에 놓여 있는 커다란 모형 배! 크기만 다를 뿐, 우리 집 지하실에서 보았던 그 배와 똑같은 군함이 거기 있었다. 마치 그 배를 타고 곧 바다로 나갈 듯이 내 마음이 콩콩 뛰기 시작했다. 바로 이런 배가 우리 집에 있었구나. 그렇다면 내가 헛것을 본 게 아니었다. 그 배가 나를 오늘 여기로 데려온 것이구나! 내 안에 무엇인가가 요동을 치면서 목이 울컥 메었다.

그렇다면 아버지는 왜 그 배를 지하실에 가두어 둔 것일까? 왜 그 배를 치워버린 것일까? 그 배와 나 사이를 아버지가 가로막고 있었다. 그 사이에는 말하지 않는 무엇인가 분명히 존재하고 있다. 아마 내가 해병대에 지원하게 된 것도 알게 모르게 나를 지배하고 있던 그 모형 배 때문일지도 모른다.

네드는 해병대에서 그럭저럭 잘 적응하면서 군대생활을 하고 있었다. 다행인지 군사학교를 졸업하자마자 사귀던 아가씨와 결혼을 했고, 결혼 생활도 별 탈 없이 순조로운 것 같았다. 나는 이제 네드가 훌륭한 군인이 되면 좋겠다고 마음을 정리했다. 그게 부모의 도리가 아닌가. 결국 그 아이는 자신의 길을 잘 찾아가고 있는 중이었다. 나쁜짓을 하는 것도 아니고, 국가를 위해, 세계 인류의 평화 유지를 위해 살겠다는 아들을 자랑스러워하기는커녕, 마치 잘못된 길로 가는 것처럼 우려했던 내가 오히려 이상한 사람이다. 네드를 책망할 이유도 없고 또 그럴 만한 근거도 없었다.

마음을 고쳐먹자 오히려 네드가 자랑스러워지려고 했다. 네드는 이미 아들을 두고 있었다. 벤은 귀여운 손자다. 제 엄마를 닮아서인지 약간 호리호리해서 살집이 없었다. 다행히 며느리도 군인의 아내로 잘 적응하면서 사는 것 같았다. 이미 5년의 의무 복무 기간을 마친 네드는 대위로 진급해서 해병대 캠프에 남아 있었다. 아무도 가르쳐 주지 않았는데도 제 할아버지의 길을 따라가는구나 싶어 나는 가끔 '피는 물보다 진하다'거나 '씨 도둑질을 못 한다'는 속담을 떠올리곤 한다. 그러던 어느 날 네드에게서 전화가 왔다.

"아버지, 저 전역하려고 해요."

느닷없이 전역을 하겠다니 무슨 일인가 싶어 걱정이 앞섰다.

"군대에서 무슨 일이 있었니? 왜 갑자기 그만두겠다는 거야? 그리고 그만두면 무엇을 할 작정인데?"

아이까지 딸린 가장이 직장을 그만둔다고 하니 오히려 내가 놀라지 않을 수 없었다.

"갑자기 결정한 것은 아니에요. 저는 아버지가 기뻐하실 줄 알았어요."

"내가 널 보고 그만두라고 한 적은 없다."

"알아요. 그렇지만 제가 군인이 된 것을 좋아하시지도 않았잖아요."

네드는 그동안의 서운한 감정을 그런 식으로 드러냈다.

"무슨 일이 있었니? 이 어중간한 나이에 그만두면 어떻게 하려고?"

"교사를 하려고요. 마침 콜로라도에 있는 학교에서 오라고 하네요."

"교사라구? 뭘 가르치는데?"

"역사도 가르치고, 행정도 하고, 아무튼 축하해 주세요."

나는 알았다고 수화기를 내려놓았다. 제가 하는 일에 이제야 마음을 내려놓고 응원할 참인데 느닷없이 그만두고 갑자기 교사가 되겠다는 것은 또 무슨 일인지.

4

아버지께 교사가 되겠다고 했을 때, 전화기 너머로 아버지의 신음 소리 같은 것을 들을 수 있었다. 군인으로 사는 것을 못마땅해 하던 아버지는 내가 교사가 되겠다면 기뻐할 줄 알았다. 왜 아버지와 나는 미묘하게 엇나가는 것일까. 마음이 불편해졌다. 하나밖에 없는 자식으로 나는 아버지의 마음을 상하게 하고 싶지 않았다. 내가 가려고 하는 콜로라도는 펜실베이니아에서 상당히 먼 곳이다. 어차피 같은 동네에 사는 것은 아니지만 서로 사는 곳이 멀어질수록 마음도 멀어지고 왕래도 뜸해지는 법이다. 그래서 아버지가 더 섭섭하셨을지 모르겠다.

군인으로 사는 것도 나쁘진 않았다. 그러나 매일 반복되는 훈련과 똑같은 일과를 받아들이기를 저항하는 무엇이 내 안에 존재하고 있었다. 활동적인 면과 대비되는 정적인 특성, 부인하려 했지만 어쩔 수 없는 예민함과 꼼꼼함, 그것은 아버지로부터 물려받은 것이었다. 할아버지에게서 무인의 기질을 받았다면 아버지로부터 문인의 기질을 받은 셈이다. 그리고 아들이 자라고 학교에 입학할 나이가 되자 군인은 한 곳에 뿌리를 내릴 수 없다는 사실이 새삼 심각하게 다가왔다. 친구와 이웃과 직장이 요동하지 않았으면 하는 바람이 생겨났다. 어느 한 곳을 택해서 뿌리를 내리고, 소위 좀 더 안정된 생활을 하고 싶었다.

무엇보다도 걸프전에 참전한 후에 생각이 많아졌다. 이것이 꼭 필요한 전쟁이었을까. 진정으로 정의를 수호하고 평화를 유지하기 위한 전쟁이었나. 자기들끼리 석유를 놓고 다투는 집안 싸움에 공연히 끼어들어서 제대로 말리지도 못하고 피멍만 든 꼴이 아닌가. 전자게임을 하듯 퍼붓던 폭탄, 이라크에서 깔아놓은 수중 지뢰 때문에 위험했던 일, 뉴스 화면을 장식하던 부상자들의 모습 등 여러 가지를 생각하면 마음이 불편하고 골치가 아팠다. 전쟁에 회의가 들었고 인생에 대해 진지하게 성찰하는 계기가 되었다.

그래서 나는 시터델의 대학원 과정에 등록했다. 학부에서 정치학을 전공했지만 이번에는 교육학 석사에 도전한 것이다. 어릴 때부터 책을 읽는 습관이 있었기 때문에 학교에 적응하는 것은 그리 어렵지 않았다. 교사자격증도 어렵지 않게 얻었고 졸업할 때에는 최고의 학생에게 주는 상도 받았다. 나는 군인뿐 아니라 교사를 할 수 있는 자격을 갖추게 된 것이다.

그런 저런 이유로 망설이다가 마침 교사 자리가 있어서 콜로라도스프링스스쿨에 가기로 결단을 내렸다. 콜로라도스프링스는 아주 평온한 도시였다. 전체적으로 완만한 숲과 쾌적한 주택지가 잘 조화를 이루고 있었다. 높은 산과 바위 그리고 펼쳐진 들, 깨끗한 공기, 그곳이라면 그동안 팽팽하게 당겨졌던 마음을 편안하게 부려놓을 수 있을 것 같았다. 거기에 사는 것 자체만으로도 힐링이 될 것 같은 도시였다. 아담한 집을 구해 이사를 하느라 아내와 나는 정신이 없었다. 예전에 금광을 찾아온 사람들로 붐빈 곳이라니 그 열기가 어땠을까. 그들은 금을 찾아 이곳에 왔지만 나는 여기서 새로운 인생을 시작하려고 한다. 참으로 이상한 일은 그곳에 베트남 참전 용사들과 한국전 참전 용사들이 많이 살고 있다는 점이다. 무엇인가 나의 운명에서 할아버지의 그림자가 따라다니는 것 같은 느낌이 든다.

학교는 생각보다 좋았다. 마치 그리스 언덕 위에 있는 신전처럼 우뚝 서 있는 흰 대리석 건물은 인상적이었다. 로키 산맥의 끝자락에 들어앉은 학교의 캠퍼스는 아름다웠다. 내가 맡게 될 과목은 사회, 정치, 역사에 관한 것이다. 인류가 살아온 자취를 더듬고 지금 내가 살고 있는 생활의 좌표가 다른 인간들과 어떤 관계를 맺고 있는지 돌아볼 참이다. 그리고 그동안 지나쳤던 많은 일들을 찾아보고 돌이켜보는 것은 나에게도 중요한 의미를 가진다.

콜로라도스프링스는 콜로라도 주의 주도인데 덴버에서는 약 70마일 정도 떨어진 곳이다. 주도이면서도 대도시의 번거로움이 전혀 느껴지지 않는 도시였다. 넓은 땅의 여유가 사람들의 마음까지 여유롭게 하고 있는지, 대체적으로 사람들이 평온하고 친절하고 순박했다. 그래서인지 아들 벤은 생각보다 잘 적응했다. 아내도 당분간 일을 쉬고 휴식 기간으로 생각하겠다며 기뻐하는 것 같았다. 멀리 이사를 오기는 했지만 내 삶의 방향을 바꾼 만큼 새로운 생활을 조심스럽게 한발 한발 내딛기로 했다. 처음이라 수업 자료 준비할 것도 많고 공부할 내용도 많았다. 그러나 일 자체는 어렵지 않았고, 나는 어떻게 아이들의 흥미를 끄는 수업을 진행해야 하나, 그 문제에 골몰했다.

이 지역의 특성을 익힐 겸 그동안 소홀했던 가족과 피크닉을 자주 갔다. 콜로라도스프링스는 자연 경관이 뛰어나 구경할 것도 많았다. 세계에서 가장 높은 곳에 설치되었다는 다리도 있고, 신들의 정원이라고 명명된 기기묘묘한 바위들도 좋은 볼거리였다. 드디어 우리 가족은 물 맑고 공기 좋고 평온한 콜로라도스프링스에 닻을 내리고 정박했다.

경치 좋고 깨끗한 곳에서 쫓기는 일 없이 유유자적하게 살 수 있는 것도 인생의 큰 기쁨이었다. 공원 벤치에 앉아 볕바라기를 하고 있는 나이 든 어른들을 만날 기회도 많았다. 홀로 앉아있는 노인들에게 다가가 말을 걸면 깜짝 반색을 하며 좋아했다.

"이전에 뭐 하셨어요?"

대화거리를 만들기 위해 일상적인 질문을 던졌을 때 돌아오는 대답은 기대 이상인 것이 많았다. 그래서 노인들과 대화하면 배울 것이 있었다.

"난 군인이었어. 여러 나라에 파견되었지."

"그중에 어떤 나라가 가장 인상에 남아요? 가령 가장 보람 있는 참전이었다든가, 의미 있는 전쟁도 있었나요?”

“글쎄, 몇 년 전에 이런 질문을 받았다면 아마 대답하지 않았을
지도 몰라. 그 때까지도 난 과거를 생각하는 것조차 싫었으니까.”

“충격을 많이 받으셨나 보군요.”

“충격? 충격이란 말로 다 표현할 수 없는, 뭐랄까, 악몽 같은
것이었지. 왜 남의 나라 싸움에 가서 젊은 청춘을 바쳤을까, 그런
후회가 밀려올 때는 뭐라고 말하기 힘들었어.”

“베트남에 가셨나요?”

“아니, 베트남에는 가지 않았어. 잘 모를 거야. 한국이라고. 아
주 멀리 극동 지방에 있는 나라인데, 그 전쟁에 갔다가 간신히 목
숨을 건져서 돌아왔지.”

한국이라는 말에 귀가 번쩍 띄었다. 할아버지가 참전했던 전
쟁이 아닌가.

“내가 이십대 초반이었으니까, 세월이 많이 흘렀지. 하지만 기
억은 흘러가지 않아. 그대로 내 가슴에 머릿속에, 아니 내 눈 속
에 살아서 꿈틀거리지. 밤마다 비명 소리도 들렸어. 죽은 전우들
이 꿈속에서 나타나기도 하고.”

“그렇게 심한 전쟁이었군요. 제 할아버지도 그 전쟁에 참여하
셨답니다. 당시 사십대 초반의 대령이었다고만 들었습니다. 집
안에서도 그 이야기를 하는 사람이 없어요.”

내 말에 어르신의 눈에 생기가 돌았다.

"이야기를 할 리가 없지. 그건 우리에게 아주 수치스런 전쟁이었거든."

"……?"

너무 갑작스러운 반응이었기 때문에 왜냐고 물을 수도 없었다.

"결국 패한 전쟁이지 않았나. 공연히 남의 나라에 가서 젊은 목숨들 잃고, 부상당하고 상처투성이인데, 보람도 없이 결국 원래 상태대로 분단은 계속되었고 말이지. 국내에서도 여론이 안 좋았지. 그래서 우리는 지옥 같은 전투에서 살아 돌아왔지만 환영받지 못한 존재라고 할까, 어쨌든 안팎으로 괴로웠지. 전쟁터가 얼마나 추웠는지 생각만 해도 끔찍해. 총을 맞아 죽은 것보다 얼어 죽은 사람이 더 많았을 거야."

노인은 눈을 감고 진저리를 쳤다.

"그래도 지금은 말할 수 있는 게, 그 쬐그만 대한민국이 눈부시게 발전했다는 거지. 난 거기에서 보람을 찾아. 내 젊음을 희생한 보람을. 그리고 전쟁기념일이 되면 한국 관계자들이 참전 용사들을 초대해서 만찬을 베풀어주기도 하지. 말이라도 여러분 덕분이라고 하니, 이제 말할 용기가 생기는 거야. 덕분이라는 말, 참 좋은 말이야."

그런 일이 있었구나. 당시 참전 용사들은 몸과 마음이 다 힘들었겠구나. 안쓰럽기도 하고 우리 할아버지의 마음은 어땠을까 연민이 앞섰다. 크리스마스 휴가 때엔 우리가 아버지가 계신 필

라델피아까지 가기도 했지만 아버지가 이곳으로 오시기도 했다. 겨울에는 눈이 많이 내렸고 눈에 덮인 산봉우리에서 말 울음 소리를 내며 바람이 사납게 몰아치곤 했다. 아버지와 단 둘이 마주 앉아 있을 때면 할아버지에 대해 묻고 싶었지만 눈치를 보니 아직 그럴 분위기가 아닌 것 같았다. 아버지와 할아버지 사이에 도대체 무슨 일이 있었던 것일까.

어쨌든 나는 학생들이 열심히 공부하듯 교사의 직무를 열심히 했다. '열심히'라고 밖에는 달리 표현할 말이 없을 것 같다. 마치 대학 수험생들이 시험 공부 하는 자세로 임했다고 해도 과히 틀린 말이 아니다. 나는 열심히 학생들을 가르치고 좋은 자료를 만드느라 많은 정성을 기울였다. 이 일을 위해 내 인생의 방향을 바꾼 만큼 좋은 교사가 되어야 스스로에게도 명분이 서는 일이다. 그렇게 열심을 낸 탓인지 교사 2년차일 때 인문학 분야의 우수교사상을 받는 행운을 잡았다. 그 부상으로 뉴욕의 엘마이라 대학에서 열리는 4주간의 세미나에 참석할 기회를 얻게 되었다. '마크 트웨인의 정치적 사고'라는 주제로 열린 세미나였는데, 그 대학에는 특이하게도 마크트웨인센터가 있었다.

마크 트웨인의 유머와 풍자야 소설을 통해 이미 예상한 바였다. 하지만 제3세계와 현지 원주민을 보는 마크 트웨인의 시선이 이토록 정치적으로 올바르리라고는 미처 예상하지 못했다. 그는 원주민들이 삶의 기반을 잃어 가는 것을 안타까워하면서 그들의 재주와 고유한 사고 방식을 존중하고자 노력했다. 또한 원주민을 노예처럼 부려먹고 그들의 생활을 파괴하는 백인들을 비판했다. 노예를 학대했던 자신의 아버지를 떠올리며 스스로를 반성하는 글을 남기기도 했다. 마크 트웨인은 자칫 무거워질 수 있는 이런 내용들을 재치 있는 말솜씨로 술술 풀어 나간다. 책의 첫머리에 '유쾌하게 살자. 그래야 삶이 적막해지지 않는다'라고 써 있는데 마크 트웨인은 천성적으로 유쾌한 사람인 것 같았다.

『톰 소여의 모험』의 작가인 마크 트웨인, 나는 그를 재치 넘치는 모험 이야기의 작가로만 알고 있었다. 그런데 60세가 넘어 세계 여행을 했다는 기록을 보며 그가 진취적인 사람이라는 것을 짐작할 수 있었다. 또한 제3세계와 현지 원주민을 보는 마크 트웨인의 정치적 시선은 무척이나 성숙했다. 원주민들이 삶의 기반을 잃어 가는 것을 안쓰러워하고 그 원인 제공자인 백인들을 비판하는 일도 당시로서는 결코 쉽지 않은 일이었을 것이다. 원주민들을 인간으로 대하지 않았던 자신들의 인종 차별의 행태를 반성하면서도 재치 있는 말솜씨로 여러 가지 이야기를 무겁지 않게 풀어 나간다. 어쨌든 나에게는 오랜만에 새로운 세계를 접해볼 수 있는 신선한 기회였다.

역사 교사로 전역하다

1

    그렇게 콜로라도스프링스에서 평온하게 살고 있었다. 그런데 뉴욕의 웨스트체스터 고등학교에서 역사 교사 자리를 제안해 왔다. 내가 의도하지 않은 일이었고 또 콜로라도의 생활이 만족스러웠는데도 막상 초빙받고 보니 미세한 동요가 일었다. 물론 교사로 인정을 받았다는 점에서 말할 수 없이 기뻤다. 사실 한 곳에 정착하려고 교사가 되었는데 익숙해질 만하니 새로운 조건이 마음을 흔들었다. 뉴욕으로 오라는 전화 한 통에 잔잔하던 나의 마음이 요동쳤다. 고향처럼 붙박여 살고자 했지만 아무래도 콜로라도는 낯선 곳임에는 틀림이 없다. 내가 살았던 흔적들이 동부에 있었고, 뉴욕은 지리적으로 부모님이 계시는 펜실베이니아와도 가까웠다. 더구나 뉴욕은 큰 도시라서 아무래도 여러 가지 새로운 것들을 접할 기회도 많을 것이고 무엇보다도 그 학교에서 제시한 월급도 훨씬 더 많았다. 월급이 많아진 만큼 큰 도시에서 생활비가 더 많이 들 터이지만 여러 가지 조건이 매력적으로 보인 것은 사실이다. '어쨌든 큰물에서 놀아보자'는 생각이 나의 마음을 지배했다. 기회가 항상 오는 것은 아니어서 아내와 상의 끝에 나는 그 제의를 수락하기로 하고 뉴욕으로 거처를 옮겼다.

그렇게 뉴욕 생활이 시작되었다. 세계적인 도시에 살고 있다는, 뉴요커로서 근거 없는 자부심이 슬그머니 생겨났다. 주어진 기회를 충실하게 사용했고 학생들을 열심히 가르쳤다. 상을 받을 복이 있었는지 4년이 지났을 때 또 한 번 올해의 우수교사로 뽑혔다. 또한 미국의 역사과목교사협회에서 수여하는 훌륭한교사상, 우수교수법상도 받았다. 초보 교사이기 때문에 배우는 자세로 임한 것이 생각지도 못한 큰 상을 받는 계기가 된 것이다.

그런데 가장 기뻤던 일은 부상으로 3주간의 한국 여행의 기회가 주어진 것이다. 한국의 역사와 문화와 정치 상황에 대해 배움의 기회를 준다는 취지였다. 말로만 듣던 멀고 먼 동방의 작은 나라에 갈 수 있는 기회를 얻게 된 것이다. 이 소식을 아버지에게 알릴까 하다가 한번 더 생각해 보기로 했다. 한국이라는 나라가 눈앞에 구체적으로 다가오니 이것도 마주해야 할 운명인가 싶었다. 역사 교사로서 내가 한국에 대해 알고 있는 것은 책을 통해서 전해진 것뿐이다. 오랜 역사를 가진 동방의 고요한 나라, 문 열기를 거부하고 미국 상선 제너럴 셔먼호에 불화살을 쏘며 저항했던 나라. 중국과 러시아와 일본의 틈새에서 시달리다가 결국 일본의 혹독한 식민지가 되었던 나라. 제2차 세계대전이 끝나면서 일본에 투하된 원자폭탄 덕분에 해방이 되었고 러시아와 미국의 신탁통치로 인해 반으로 갈라진 나라. 남북 간에 일어난 전쟁으로 결국 둘로 쪼개진 나라. 독일이 통일되면서 지구상에 단 하나밖에 남지 않은 분단 국가. 잿더미 속에서 눈부신 경제 성장을 이루어 '한강의 기적'을 만든 나라, 그 나라가 바로 한국이었다.

한국전쟁에 할아버지가 참전했다는 것은 이미 알고 있었다. 할아버지는 내가 태어난 후 바로 돌아가셨기 때문에 내게 할아버지에 대한 기억은 없다. 또한 아버지가 할아버지에 대해서 침묵했기 때문에 나의 유년에 할아버지의 존재는 없었다. 콜로라도스프링스에는 한국사람들이 많이 살고 있는 편이었다. 그리고 한국전쟁에 참전했던 용사들도 적지 않은 수가 있었지만 그들에게 '에드워드 포니 대령을 아시나요? 한국전에 참여했던 제 할아버지거든요'라고 말할 수 있었을까. 아버지가 말해주지 않는 할아버지의 내력을 타인의 입을 통해 듣는 것이 도대체 가능한 일인가.

어쨌든 나이가 들어 몸과 마음이 느릿해진 참전 용사들은 한국전쟁 이야기만 나오면 반짝 생기가 돌았다.

"정말 목숨 걸고 싸운 보람이 있는 전쟁이었지. 지금 한국이 발전한다는 소식을 들을 때마다 내 일인 것처럼 기쁘다."

"이길 수 있었는데 중국군이 밀고 내려오는 바람에……, 정말 아쉬운 일이었어. 맥아더 장군의 말대로 원자폭탄을 사용해서 확실하게 승리했더라면 아마 지금 한국은 분단 국가로 남지는 않았을 거야."

"정말 추운 날씨였어. 후퇴할 때 장진호 전투에서 많은 동료들이 죽었어. 나는 천만다행으로 살아 돌아왔지만 그때 동상에 걸렸던 발이 지금도 불편해. 그래도 한국이 잘되었다니 보람 있는 일을 한 거지."

사람은 누구나 자신이 한 일에 의미를 부여하고 싶어 한다. 더구나 나이가 들어 지난날을 회상할 때는 의미를 부여할 수 있는 추억의 조각만 추려서 기억하는 것 같다.

2

네드가 한국에 가겠다고 전화를 했다. 우수교사 상을 받고 한국에 초청되었다는 것이다. 전역한 네드가 교사의 직무를 잘 감당하고 상까지 받게 되니 축하할 일이다. 그런데 왜 그 애가 한국에 가게 되는 걸까. 물론 혼자 가는 것은 아니고 일행이 있다지만 한국에 간다는 말에 나는 잠시 당황했다. 그리고 네드는 왜 한국행이라는 말을 강조하는 것일까. 그 애는 뭔가 알고 있음이 분명하다. 하기야 아버지의 행적은 인터넷 검색만 해도 바로 확인할수 있다. 1909년생, 해군 사관학교를 나왔고, 제2차 세계대전 당시 솔로몬제도와 카리브해에서 공을 세우고 베트남과 한국전에 참전한 용사로 제너럴이 되었으니 보통 군인은 아니다. 알링턴 국립묘지에 있는 묘비에도 그렇게 새겨져 있다.

그러나 역사라는 것이 활자화된 사실만으로 이루어지는 것은 아니다. 한국전 참전, 이렇게 간단한 단어 뒤에는 가정을 돌보지 않은 가장, 아들을 팽개쳐 두고 전장을 누빈 군인, 자신이 겪어낸 수많은 죽음의 고비 등 엄청난 많은 사연들이 응축되어 있다. 사망한 병사의 어머니, 가장을 잃은 아내와 어린 자식들의 눈물과 탄식이 어느 전투에서 몇 명 사망이라는 몇 글자로 무정하게 정리되어 버린다. 나는 아버지가 있었지만 실상 아버지 없이 자랐다. 아버지는 내가 그를 부를 때 한 번도 내 곁에 있지 않았다. 그렇게 살 바에는 왜 결혼을 하고, 자식은 왜 낳았는지 따져 묻고 싶었다. 차라리 아버지에게 소리 높여 그렇게 따져보기라도 했다면, 그래서 변명이라도 좋으니 어떤 대답이라도 들을 수 있었다면 그를 용서하기가 더 쉬웠을 것이다.

그때는 힘이 없었다. 나는 어렸고 아버지는 한창 나이의 대령이었다. 아버지를 원망하고 혼자서 미워하다가 어느 날 그가 꿈처럼 나타나면 갑자기 숨이 멎는 것 같았다. 미움은 순식간에 사라지고 무엇인가 충만하게 마음을 채워왔다. 아버지는 군복이 잘 어울리는 멋진 군인이었다. 어느 순간 그가 내 아버지라는 사실이 자랑스러울 때도 있었다. 그의 따뜻하고 큰 손 안에 나의 작은 손이 폭 안겨있을 때의 그 촉감을 나는 아직도 잊지 못한다. 초등학교 시절 아버지가 오신다고 해서 온종일 기다린 적이 있다. 집 안에 앉아 있다가, 집 밖에서 서성이다가, 맛있는 냄새와 함께 마음도 부풀어 올랐다. 엄마는 여러 가지 요리를 만들고 집을 꾸미고 부산스러웠다. 맛있는 음식 냄새와 들뜬 분위기가 정신을 몽롱하게 했다. 문 앞에 나가 서 있는데 꿈처럼 차가 와서 멎었고 아버지가 내렸다. 아니, 아버지라는 사람이 내렸다. 아버지가 온다고 해서 기다리고 있었기에 아버지라고 알 수 있는 사람이었고 우리 집 앞에서 만났기 때문에 내 아버지인 줄을 알았다. 오랜만에 기억이 가물가물하면 한 번씩 보는 아버지는 반가우면서도 낯설었고 왠지 어렵고 서먹했다. 나는 아버지를 보고 인사를 한다는 것이 그만 아무 말도 없이 웃기만 했다. 아버지는 미소를 지으며 나에게 다가와서 손을 잡았다.

"몰라보게 컸구나."

정말 다른 곳에서 봤다면 서로 몰라보지 않았을까, 그런 생각이 잠시 스쳤다. 아버지에게 손을 잡힌 채 현관까지 걸어가는 동안 다른 것은 아무것도 생각나지 않는다. 오직 아버지의 손이 정말 크고 따뜻했다는 것 외엔. 아버지는 마음도 그렇게 따뜻한 사람이었을까, 만일 그렇다면 그렇게 오랜 세월 동안 가족을 버려둘 수 있었을까. 아주 독한 사람이 아니고는 할 수 없는 일이 아닐까.

잊힐 만하면 한 번씩 보던 아버지가 한국전쟁이 끝나자 귀국했다. 무사하게 살아 돌아온 것만으로도 감사한 일이었다. 하지만 아버지 없이 사는 데 익숙해져 있던 내게는 아버지와 함께 사는 일 또한 쉽지 않았다. 어려운 손님이 오신 것처럼 매사가 더 조심스럽고 긴장되었다. 원래 말썽을 부리는 아이는 아니었지만 나는 점점 더 모범생의 전형처럼 되어갔다. 어른의 눈에 보기에는 군인의 자녀답게 반듯하게 착한 아이였지만 나는 점점 말을 잃어갔다. 아버지가 집에 있어서 든든하면서도 왠지 모르게 불편했다.

그런 어색함 속에서 우리 가족은 각자의 일에 충실했다. 아버지와 사는 일이 익숙해질 만하면 다시 아버지가 떠났기 때문에 나는 마음을 완전하게 내주지 않았다. 아니나 다를까 내가 대학교에 진학할 무렵, 이번에는 아버지와 어머니가 함께 떠난다고 했다. 이제 대학에 진학하게 되었고 독립할 나이가 되었으니 두 분이 한국에 가서 근무를 하겠다는 것이다. 휴전 상태의 한국에는 아직도 부족한 것이 많다고 했다. 아버지는 한국 해군에서 고문으로 일한다고 했다. 더 이상 듣고 싶지도, 알고 싶지도 않았다. 아버지는 나의 의견을 묻지도 않고 아예 성인 취급을 했다. 자식을 성인으로 대접해야 부모가 홀가분해질 테니까. 내가 짐처럼 느껴졌을까, 그래서 내가 대학에 들어가기가 무섭게 두 분은 아주 자유롭게 멀리 가버린 것일까.

내가 기숙사에 짐을 옮기기가 무섭게 두 분은 먼 나라로 떠나버렸다. 대학에 진학한 이상 어차피 부모와 같이 사는 것은 아니지만 부모의 부재는 돌아갈 곳이 없다는 사실을 의미했다. 크리스마스 휴가나 부활절 휴가 그리고 방학이 되어도 돌아갈 곳이 없었다. 간간이 오는 편지는 형식적인 안부를 묻고 있었고 나는 부모에게 걱정을 끼치지 않기 위해 잘 지내야만 할 의무가 있었다. 특별한 일이 없었으므로 편지를 자주 하지 않았다. 기숙사가 문을 닫는 동안에는 군인의 자녀를 위해 배려된 숙소에 가서 지낼 수 있었다. 어쨌든 나는 고아처럼 버려져 있었다. 그 나이가 되어서 무슨 고아타령이냐고 할지 몰라도, 말하자면 아버지에 대한 결핍은 서서히 분노로 덮혀지다가 그 열을 주체하기 힘들 정도가 되자 냉담으로 변해갔다. 내 쪽에서 먼저 관심을 끊는 것이 복수하는 길처럼 여겨졌던 것이다.

내가 결혼을 서두른 이유도 합법적으로 부모의 관심으로부터 멀어지고 싶었기 때문이었을 것이다. 아니 역설적으로 내가 먼저 당신들의 관심은 필요 없다는 걸 보여주고 싶은 유치한 심리가 작동하지 않았을까 곰곰이 돌이켜 본다. 아내와 나는 캠퍼스 커플이었고, 안정된 생활을 위해 어떤 직업을 가질까 고민하던 나는 회계사가 되기로 결심했다. 원래 꼼꼼한 성격인 데다 수학에 취미가 있던 나에겐 꼭 맞춤한 선택이었다. 보수도 높고 안정된 생활을 할 수 있다는 점도 큰 매력이었다. 외로움 때문에 생긴 마음의 빈 공간을 회계사 시험 공부로 메우는 효과가 있었다. 그렇게 회계사가 되어 숫자에 파묻혀 살았다고 해도 과언이 아니다. 내 아버지와는 전혀 다른 분위기로 가정을 이끌어 왔다고 생각했는데, 네드는 나의 기대와는 다르게 군인이 되었고 또 교사가 되었다. 자신이 선택한 일이고 나쁜 일이 아니니까 당연히 그 아이의 선택에 응원을 보내야 하는데 나의 옹졸한 마음은 쉽게 평화를 얻지 못한다. 그런데 한국행이라니, 그 먼 나라에 네드가 가게 되다니. 어쩔 수 없는 운명의 힘에 이끌리고 있다는 막연한 느낌을 떨치기 위해 나는 세차게 고개를 흔들었다.

나는 네드에게 축하한다며 좋은 여행이 되길 바란다고 말했다. 그뿐이었다. 그런데 좋은 여행이란 무슨 의미일까. 건강하고 무사히 다녀오면 좋은 여행이 아닐까. 한국은 아직도 남북이 대치하고 있는 위험한 나라라는 인식이 머리에서 쉽게 지워지질 않는다. 한국은 올림픽을 계기로 전 세계에 알려졌고 이제 민주주의가 정착되었다고 하지만 텔레비전 화면에는 늘 데모하는 영상이 단골로 등장했다. 그 전에는 한동안 광주항쟁 보도로 시끄러웠던 나라였다. 아마도 한국의 역사에 대해 강의가 있을 것이고 유서 깊은 사적지나 의미 있는 곳을 방문하면서 한국의 문화를 알려주겠지. 40여 년 전 내 아버지가 다녔던 한국 땅을 손자인 네드가 활보할 것을 생각하며, 나는 우리의 사고를 뛰어넘는 인연에 대해 깊이 생각하게 되었다.

3

아버지는 나의 한국 여행을 축하한다며 건강하게 잘 다녀오라고 했다. 그 말은 진심인 것 같았다. 다른 동료들도 한국이 초행이었지만 나는 유난히 설렜다. 이미 고인이 된 할아버지는 세계 여러 곳을 다니셨겠지만 한국에 꽤 오랫동안 머물렀던 것으로 알고 있다. 전쟁 중에도 또 전쟁이 끝난 후에도 몇 년간 한국에 있었다고 했다. 할아버지의 얼굴을 본 일은 없지만 내가 가지를 쳐 나온 뿌리에 가까워지고 있다는 야릇한 흥분으로 나는 한국행을 기대했다.

드디어 비행기가 김포공항에 착륙했다. 비행기의 바퀴가 땅에 닿으며 덜컹하는 충격이 한국 땅에 도착했다는 사실을 알려주었다. 김포공항에서 내려 서울로 들어가는 길목 하나하나가 나의 눈에는 예사롭게 보이지 않았다. 전쟁의 폐허 위에서 피워 올린 기적의 꽃이라고 소개된 한국은 올림픽을 성공적으로 치러냈고, 한국인들은 부지런하고 끈기 있고 머리 좋은 민족이라고 들은 바 있다. 한국 땅을 밟기 전에 사진으로 미리 보아두었지만 시내로 들어가는 동안 바라본 창밖의 풍경은 생경스러웠다. 거리마다 많은 사람들이 분주히 걷는 모습이 퍽 인상적이었다. 무슨 급한 일이라도 있는 것처럼 많은 사람들이 바쁘게 움직이고 있었다.

호텔에 여장을 풀고 다음날부터 우리 일행은 경복궁, 창덕궁 등 고궁 나들이를 시작으로 박물관 견학을 하게 되었다. 경복궁이나 덕수궁은 왕궁치고는 좀 작다 싶었으나 단아하고 고즈넉한 느낌을 주었다. 시내 한복판에 옛날 왕궁이 있다는 것이 신기했는데 현대식 건물과 묘하게 어울리는 왕궁은 서울이 역사 깊은 도시라는 사실을 증언하며 서 있었다. 까만 머리에 까만 눈동자를 가진 똑같아 보이는 사람들이 신기한 듯 우리 일행을 바라보았는데 눈이 마주치면 가벼운 미소를 보내주곤 했다.

여러 곳을 방문하고 환대를 받았는데, 그중에 빼놓을 수 없는 가장 인상적인 장소는 판문점이었다. 서울 거리에서 볼 때 대한민국은 분명 활기 넘치는 자유국가였는데 판문점에 와보니 아직도 전쟁 중인 나라라는 사실이 실감되었다. 남한과 북한, 양쪽 진

마주보고 있는 남과 북의 병사

돌아온 배

영 사이에 일촉즉발의 긴장감이 감돌았다. 인형처럼 까딱도 않고 서 있는 헌병과 서로 마주보고 서 있는 북한군 병사는 무슨 생각을 하고 있을까. 같은 말을 사용하는 비슷하게 생긴 젊은이들이 어쩌다 적이 되어 서로를 마주보며 긴장을 늦추지 않고 있었다.

우리를 안내하는 병사로부터 '돌아오지 않는 다리'에 대한 설명을 들었을 때 공연히 무엇인가가 울컥 솟아오르려고 했다. '돌아오지 않는'이라는 말의 여운이 나를 슬프게 했다. 따지고 보면 우리의 일상은 돌아오는 것의 반복이 아닌가. 계절도 돌아오고, 아침에 나갔던 아버지도 일을 마치면 돌아오고, 학교에 갔던 아이들도 돌아오고……, 돌아와야 할 사람들이 돌아오지 않는다면 어떻게 될까? 한번 건너가면 돌아올 수 없는 죽음의 다리처럼 애잔한 마음이 들었다.

그 다리는 남한과 북한 사이의 군사분계선을 가로지르면서 공동경비구역 서쪽을 흐르는 사천에 놓여있었다. 1953년 한국전쟁 말엽에 이 다리를 통해 포로 송환이 이루어졌다고 하는데, 그 포로들이 한번 이 다리를 건너면 다시는 돌아올 수 없다는 데서 그 이름이 유래하였다고 한다. 원래 이름은 널문다리였는데 휴전협정 이후 '돌아오지 않는 다리'라고 불리고 있다. 물론 1968년 납치되었던 푸에블로호 선원들이 석방되어 이 다리를 통해 돌아오기도 했고 그 후 도끼만행사건이 발생하기 전까지는 가끔 사용되기도 했단다. 어서 속히 정상적으로 사용되어 많은 사람들이 자유롭게 오가는 다리의 제 역할을 하기를 마음속으로 빌었다.

전시되어 있는 정전협정문에서 해리슨 장군의 서명을 보니 내 할아버지도 그 시절에 바로 여기에 서 계셨겠구나, 아마 내가 서 있는 이 땅을 밟고 있었을지도 모른다는 생각에 가슴이 세차게 뛰었다. 할아버지도 정전협정이 이루어질 때 참여하셨다는 기록을 보았기 때문에 적지 않게 흥분이 되었다.

이어서 말로만 듣던 땅굴 견학이 있었다. 북한은 정말 이 땅굴로 대규모의 군대를 투입할 수 있다고 생각한 것일까, 좀 무모한 짓이라는 판단이 앞섰다. 어제의 서울과는 완전히 판이하게 다른 이곳의 풍경, 거리를 자유롭게 활보하는 시민들과 로봇처럼 붙박여 있는 헌병들은 극명한 대조를 이루고 있었다. 서로가 서로의 존재를 모르는 듯, 아니면 애써 눈감아 버리고 있는 듯 전혀 다른 세계가 펼쳐지고 있었다.

그 날은 무척이나 피곤했다. 그 날의 일정이 다른 날보다 더 촉박하지 않았는데도 하루치 경험의 한계가 나를 압도한 것 같았다. 한국에서 가장 먼 곳에 다녀온 듯 몸이 녹초가 되었다. 아니, 차원이 아주 다른 먼 나라로 여행을 하고 온 느낌이었다. 식사도 부담스러웠고 간신히 샤워를 마치고 깊은 잠 속으로 빠져들었다. 꿈속에서 바닷속을 헤엄치기도 하고 어딘지 모를 높은 산에 오르기도 했다. 분명 누구와 함께한 것 같은데 그 사람이 누군지 도통 떠오르지 않았다. 다음날의 일정은 서울시에서 주재하는 오찬이 있고 팀을 나누어 몇몇 고등학교를 방문한 다음 자유 시간을 보낼 수 있었다. 나는 강남에 있는 중동고등학교에 갔는데 시설이 참 좋다는 생각이 들었다. 학생 수가 많은데도 조용했으며 책을 빌려보는 도서관이 아니라 개인이 공부하는 독서실이 있는 것이 인상 깊었다. 한국의 고등학생들은 밤늦게까지 학교에 남아 공부를 한다고 했다. 도대체 얼마나 부지런한지 늦게 돌아갔다가 아침 일찍 학교에 온다고 하였다. 밤거리를 활보하는 사람들도 인상적이었지만 밤에 돌아다녀도 별 사건이 생기지 않는 이상한 나라였다.

호텔에 돌아와 잠시 쉬고 있는데 전화벨이 울렸다. 이 한국 땅에 나를 아는 사람이 없는데, 잘못 걸려온 전화라고 생각하며 수화기를 들었다.

"여보세요? 실례지만 당신이 포니 씨 맞습니까?"

웬 남자가 유창한 영어를 구사하면서 전화기 너머에서 나에게 묻고 있었다.

"그렇습니다. 그런데 무슨 일로?"

"혹시 당신의 집안에 에드워드 포니라는 사람이 있는지 알고 싶어서요."

순간, 수화기를 잡은 나의 손이 떨렸다. 한국에서 에드워드 포니를 찾는다면 나의 아버지가 아니라 할아버지와 관련된 일이 분명했다. 갑자기 정신이 확 깨는 순간이었다.

"네, 제 아버지와 할아버지 모두 에드워드 포니라는 이름을 가지고 있습니다."

"혹시 집안에 한국전쟁에 참여하신 분이 있는지요?"

"제 할아버지가 한국전쟁에 참여하신 걸로 알고 있습니다."

"아, 그렇다면 당신을 꼭 만나고 싶습니다. 묵고 계신 호텔로 찾아가도 되겠습니까?"

"그래도 되지만, 무슨 일로 그러시는지요."

"가서 이야기하겠습니다."

다음날 만나자는 말을 꺼내기도 전에 상대방은 전화를 끊었다. 사실 좀 더 완강하게 거절하지 못한 것은 나 역시 할아버지와 관련된 일에 호기심이 강하게 일었기 때문이었다. 한 시간쯤 지났을까, 아까 전화의 주인공이 로비에 와 있다고 연락을 했다. 도대체 무슨 일인지 긴장과 기대가 교차되었다. 만일 할아버지에 대해 묻는다면, 내가 할아버지에 대해 알고 있는 바가 거의 없다는 것이 창피스러운 일이다. 어쨌든 그가 먼저 만남을 요청했으니 만나 보는 것이 옳은 일이었다.

내가 로비에 내려가자 노신사 한 분이 손을 흔들었다. 큰 키는 아니지만 다부진 모습의 노인이었다. 그가 먼저 다가와 손을 내밀었다.

"반갑습니다. 나는 현봉학이라고 합니다. 미국에서 의사로 일하다가 은퇴하고 한국에 와서 소일하고 있습니다."

그의 눈빛은 진지했고 부드러우면서도 날카로웠다.

"나는 한국전쟁 때 당신의 할아버지와 함께 많은 일을 했습니다. 내가 지금 75세이고 당신의 할아버지는 나보다 13살 많았으니까 아마 살아계신다면 90세가 다 되었을 겁니다."

"죄송하지만 제 할아버지는 돌아가셨습니다. 사실 저는 할아버지의 얼굴을 본 적이 없습니다. 한국전에 참전하셨고 해군이라는 말을 들었습니다."

"알고 있습니다. 당신의 할아버지는 1965년에 폐암으로 돌아가셨어요. 나는 우리 아이들과 그 다음 해에 알링턴 국립묘지에 있는 포니 대령, 아니죠, 포니 준장의 무덤에 참배하러 간 적이 있는 걸요. 죄송합니다. 대령이라는 말이 입에 배서 그만."

순간 얼굴이 화끈거렸다. 정작 손자인 나도 모르는 일을, 아니 알고자 했다면 알 수도 있었을 일을 타인이 말하고 있는 것에 대해 묘한 자괴감이 들었다.

"아까도 말씀드렸지만, 저는 할아버지에 대해 잘 모르고 있습니다. 제 아버지께서는 한 번도 할아버지에 대해 말해주지 않았거든요."

나는 솔직하게 고백하지 않을 수 없었다. 그는 이상하다는 듯 고개를 갸우뚱했다.

"이상한 일이군요. 당신의 할아버지는 한국인들에게는 굉장히 존경받는 분입니다. 전쟁 당시에 많은 사람의 목숨을 구했고 또한 한국을 매우 사랑하는 신실한 분이었어요. 저는 그분이 돌아가시기 전까지 편지를 주고받았는데요."

"할아버지가 해군으로 참전하신 것은 알고 있습니다. 그런데 유감스럽게도 우리집에는 할아버지의 흔적이 거의 남아 있지 않습니다. 아마 큰일에 너무 집중하다 보니 할아버지는 집안에 신경을 쓸 틈이 없었던 것 같습니다. 제 아버지는 그래서 무척 섭섭하셨던 것 같아요. 할아버지 이야기를 통 하지 않으십니다."

노신사는 아무 말 없이 탁자를 내려다보았다.

"하지만 손자인 당신은 할아버지에 대해 제대로 알아야 합니다. 그러면 아마 할아버지를 이해하게 될 것입니다."

그는 잠시 말을 멈추고 눈을 감았다. 70대 노신사가 30대 중반의 미국인 앞에서 한숨을 내쉬는 까닭을 알 것도, 모를 것도 같았다.

"나는 당신의 할아버지가 돌아가신 후, 당신 가족과 연락할 길이 없어서 무척 막막했습니다. 어제 신문에서 미국 교사들이 한국에 와서 비무장지대를 방문했다는 기사를 읽었습니다. 그중에 포니라는 이름을 보고 나는 흥분했습니다. 흔하지 않은 이 이름이 혹시 에드워드 포니 대령과 연관 있는 사람이 아닐까. 그래서 신문사에 전화를 하고 수소문 끝에 당신이 묵고 있는 이 호텔로 찾아오게 된 것입니다. 어쨌든 나는 당신을 만난 것만으로도 감사합니다. 당신이 한국에 오고 또 내가 마침 한국에 있었기에 이

만남이 가능했지요. 아, 우연치고는 너무 절묘하군요. 당신을 만나게 인도해주신 신에게 감사드립니다."

기연미연하는 그의 표정을 보니 아직 실감이 나지 않는 듯했다. 막연하게 오랫동안 바랐던 일이 홀연히 사실로 눈앞에 나타났을 때 느끼는 당혹스러움이 스쳐갔다. 내가 포니 대령의 손자임을 재차 확인한 그는 밤이 늦었으니 다음날 다시 만나자며 나의 미국 연락처를 적어달라고 했다. 우리는 서로 연락처를 교환하고 자리에서 일어섰다. 그는 다시 한번 반갑다며 내 손을 꼭 쥐었다.

다음날 저녁, 그는 나를 식사에 초대했다. 그는 내 할아버지가 얼마나 위대한 일을 했는지 설명하기 위해 책을 한 권 가지고 왔다. 자신이 쓴 '나에게 은퇴는 없다'라는 제목의 회고록이라고 했다. 그의 얼굴이 표지에 나와 있었는데 실제의 모습과 똑같았다. 그는 책을 중간쯤 펴서 한 인물의 사진을 보여주었다.

아, 말하지 않아도 알 수 있었다. 내 할아버지, 이마가 넓고 반듯한 모습이 아버지와 똑같았다. 아버지는 할아버지와 이름만 같은 것이 아니라 생김새도 할아버지를 꼭 빼닮았다. 오히려 나는 어머니를 닮은 편이라 할아버지와 비슷한 모습이 별로 없었다. 사진을 보는 순간 왠지 모르게 갑자기 눈물이 주르륵 흘러 나왔다. 너무 갑작스런 일이었기 때문에 내 감정을 추스를 겨를도 없이 눈물을 보이고 말았다. 이 먼 곳에서 할아버지의 사진을 대하게 되다니, 이건 단순한 우연이 아니다. 무엇인가 거역할 수 없는 운명의 힘이 나를 이곳으로 이끌고 있다는 느낌이 강하게 들었다.

"나중에 영어로 된 책자를 보내드리겠습니다. '크리스마스 카고'라고 홍남철수 작전에 대해 쓴 책입니다. 당신의 할아버지가 바로 그 주인공이기도 합니다. 세상에서 가장 아름다운 작전이라고 자부할 수 있습니다."

그의 눈이 자랑스럽게 빛났다. 그래, 할아버지는 정말 대단한 일을 하셨구나.

우리 일행은 한국의 고도인 경주를 관광하고 부산을 거쳐 제주도를 관광했다. 한국의 가장 남쪽에 위치한 아름다운 섬이었다. 가는 곳마다 한국인들은 우리 일행을 극진하게 대해주었다.

한국에 다녀온 후 나의 삶은 달라졌다. 무엇보다도 할아버지의 행적에 대해 알고자 하는 관심이 단순한 정도를 넘어서 어떤 비장한 의무감으로 발전하게 된 것이다. 현봉학 박사가 보내준 영어로 된 자료와 책을 토대로 할아버지의 행적을 재구성할 필요가 있었다. 할아버지의 삶은 나의 삶의 일부이기도 하니까. 훌륭한 선조를 두었다는 자부심으로 마음이 부풀어올랐다. 아버지는 나를 어떻게 생각하실까, 아버지가 할아버지와 아직 화해를 하지 않고 있는데 내가 그 사이에 불쑥 끼어드는 게 심기가 불편하지는 않을까. 하지만 나는 분명히 에드워드 포니의 손자이며 에드워드 포니 주니어의 아들이므로 그럴 만한 충분한 자격이 있었다.

한국전은 미국이 관여한 전쟁 중에서 가장 보람 있고 정의로운 전쟁이고, 많은 미국인들이 희생할 만한 가치가 충분한 전쟁이었다. 미국은 민주주의를 수호했고 정의 편에 서서 수많은 생명을 구하고 기독교인들을 보호해주었다. 그런데 고마워하기는커녕, 세계 각국에서 심지어 한국에서까지도 반미운동이 확산되고 있었다. 미국 내에서도 왜 쓸데없이 남의 나라 전쟁에 관여해서 상관없는 사람들을 죽이고, 자국민을 전쟁에서 희생시키느냐고 불만이 팽배하고 있던 시기였다.

나는 학생들에게 한국에 관해서, 특히 한국전쟁에 참여한 미국의 입장에 대해 가르치고자 시도했다. 우선 8~9학년들을 대상으로 에세이 과제를 내주었다. 한국전쟁에 대한 영문 기록 '크리스마스 카고'와 한국의 지도 그리고 다른 자료들을 첨부해서 홈페이지에 올려 두었다. 자료를 읽은 다음에 '흥남철수'에 관한 한두 페이지 분량의 감상문을 쓰도록 하고, 수업시간에 5분 정도 발표할 주제와 토론할 문제를 제시했다. 그리고 내가 내주는 자료나 문제가 잘못된 것이 없는지 물어본다는 핑계로 아버지에게 메일을 보냈다.

대략 '흥남철수'와 유사한 사건이 다른 나라의 전쟁사에 있는지 알아볼 것, 그리고 있다면 그 사건들의 공통점과 차이점은 무엇인지 밝혀볼 것, 그리고 철수작전에 민간인이 왜 포함되었는지, 군대가 민간인들을 도와야 할 책임이 있는가, 등등을 생각해

볼 문제로 제시했다. 아버지로부터는 아무 연락이 없었다. 그러나 아버지는 내가 보낸 자료들을 꼼꼼하게 읽고 계실 것이 분명했다. 아무리 부정해도 아버지는 할아버지의 분신처럼 할아버지와 닮아 있었기 때문에 나는 아버지의 모습을 통해 할아버지를 그려보곤 한다.

4

네드는 한국여행을 잘 마치고 돌아왔다고 알려왔다. 3주 동안 여러 곳을 다니고 많은 것을 배웠다면서 이런 저런 이야기를 했다. 무엇인가 더 말을 할 듯하더니 다음에 다시 전화를 하겠다며 끊었다. 그리고 며칠 후에 나에게 책이 한 권 배달되었다. 내가 읽을 수 없는 언어로 된 책이었다. 그런데 표지에 '154페이지를 보세요'라는 메모가 붙어 있었다. 한국에 다녀오더니 한국 책이로군. 나는 담담한 마음으로 154페이지를 펼쳤다. 솔직히 말하면 담담한 마음은 아니었다. 네드가 한국에 간다고 말한 후부터 무엇인가 예감이 있었다. 네드가 아버지와 관련된 무엇인가 들고 올 것 같은 막연한 예감, 말로 표현하지 않은 그런 예지 본능 같은 것이 내 안에서 세차게 팔딱거리고 있었다.

그럴 줄 예감했지만 실제로 마주쳤을 때의 놀라움이 순식간에 나를 휘감았다. 페이지를 펼치자마자 아버지의 사진이 거기 있었다. 크진 않았지만 한눈에 알아볼 수 있었다. 중년의 아버지, 지금의 나보다 젊은 시절의 아버지 사진이 거기 있었다. 물론 어머니의 앨범에서 아버지의 사진을 본 일이 있지만 애써 외면해 온 아버지였다. 게다가 내가 결혼한 지 얼마 안 되어 갑자기 아버지가 돌아가셨기 때문에 아버지와 대화를 할 기회조차 가지지 못했다. 아버지의 유해가 알링턴 국립묘지에 안장될 때 많은 사람들이 애석해했지만 나는 나와의 숙제를 남겨둔 채 훌쩍 떠나버린 아버지를 용서하기 힘들었다. 아버지는 늘 떠나기만 하더니 영원히 우리를 떠나버렸다. 이제 막 돌이 지난 네드가 곧 재롱을 시작할 텐데, 아들을 돌보지 못했다면 손자라도 봐주어야 하는 것 아닌가. 그런데 아버지는 그 새를 참지 못하고 영영 떠나버렸다. 이번에는 돌아올 수 없는 먼 길을 영원히 떠나버린 것이다. 영원히 떠남으로써 아버지는 나를 이겼다. 아버지에게 복수할 기회도, 투정을 부릴 기회도 박탈당한 채, 나는 멍하게 남아 있었다. 내 아들이 할아버지를 부를 기회를 잃었고 내가 두고두고 투정부리며 원망할 대상도 사라지고 없었다. 아버지는 죽음으로 영원히 나를 이겨버린 것이다. 그는 전투의 명장답게 치고 빠지는 때를 절묘하게 알고 있었다.

나는 아버지의 사진을 한참 동안 들여다보았다. 내 나이가 이
제 예순이니 아버지보다 오래 살았다. 네드는 내가 할아버지의
무덤에도 가지 않은 줄 알고 있겠지. 하지만 나는 아내도 모르게
몇 번이나 알링턴 묘지에 갔었다. 기념일이 아니면 묘지는 조용
했다. 조용하다는 말로는 표현할 수 없는 침울한 적요가 푸른 잔
디 위에 한가롭게 내려앉아 있었다. 죽은 자들의 묘석은 마치 사
열을 하듯 줄을 맞춰서 눈부시게 빛나고 있었다. 푸른 잔디 위에
흰 비석들은 말이 없었고 그나마 이름도 찾지 못한 무명용사의
묘에는 흰 십자가가 하나가 덩그러니 꽂혀 있었다. 저 수많은 묘지
마다 말로 다 할 수 없는 사연이 있겠지. 나는 하릴없이 서성이면
서 묘비를 읽어보았다. 20대의 젊은 나이로 세상을 떠난 용사들
의 묘도 있고, 30, 40대 가장들의 묘비도 있었다. 그에 비하면 아
버지는 전사한 것이 아니니까 다행이라면 다행일까.

1909년에 태어나 1965년에 잠들다, 에드워드 포니 준장, 제2차 세계
대전, 베트남전, 한국전에 참전

아버지의 묘석에 있는 말은 보지 않고도 다 외울 정도이다. 그
간단한 몇 마디가 아버지의 전 인생을 요약하고 있었다.

함흥 사람, 현봉학

"알몬드 장군 계십니까?"

현 박사가 숨을 헐떡이며 급한 소리로 물었다.

"지금 안 계십니다."

"언제 오면 만날 수 있습니까?"

"언제 오실지 잘 모르겠습니다."

비서의 딱딱한 말씨에도 현 박사는 모자를 만지작거리며 쉽게 물러갈 태세가 아니었다. 그의 얼굴은 일그러져 있었는데 난감한 표정으로 서성이고 있었다. 포니 대령은 눈짓으로 현 박사를 불러 세웠다.

"지난 번 당신이 찾아온 이후로 장군님이 아마 당신을 피하는 것 같은데, 내일 오후에 다시 오세요."

그는 낮은 소리로 속삭였다.

"시간이 없습니다. 지금 한시가 급합니다."

현봉학 박사

현 박사의 입에서 하얀 입김이 뿜어져 나왔다. 현 박사는 대기실의 의자에 털썩 주저앉았다. 아마 돌아가지 않고 그대로 앉아서 기다릴 모양이었다. 현 박사의 굳은 표정으로 봐서 밤을 새더라도 자리를 떠나지 않을 결기가 느껴졌다. 현 박사 역시 자신을 피하는 알몬드 소장이 야속해지려는 판국이었다. 아, 이러면 안 되지. 이래선 문제가 해결되지 않아. 진정해야지. 정신을 잘 차리고 무엇인가 해결책을 찾아야 해. 추운 날씨에 밖에서 헤매다 따뜻한 곳에 들어오니 몸이 스르르 풀리면서 눈꺼풀이 무거워졌다. 하루 종일 부산스럽게 돌아다녔더니 물먹은 솜처럼 몸이 노곤했다.

내가 왜 여기서 고생인가, 그런 생각이 들자마자 '이 순간을 위해서'라는 말이 마음에서인지 머리에서인지 바로 떠올랐다. 세상일에는 우연도 많지만 우연인지 필연인지는 다 맞춰봐야 알 수 있는 퍼즐조각과 같다. 현봉학 박사는 세브란스 의전을 졸업하고 평양 기독병원에서 인턴을 하던 중에 감격적인 해방을 맞았다. 식민지에서 고통 받던 백성 중에 해방의 감격이야 누군에겐들 없었으랴. 사소한 일로 트집을 일삼는 일본 순사들의 집요하고 성가신 감시만 피할 수 있어도 숨통이 트일 것 같았다. 해방만 되면 모든 것이 순조롭게 돌아갈 것 같았다. 현봉학 박사도 해방의 기쁨을 안고 평양을 떠나 고향 함흥으로 돌아갔다. 새로운 조국, 해방된 조국에서, 그것도 고향에서 의사를 할 생각으로 부풀어서 가깝게 지내던 많은 사람들과 헤어지는 것이 그다지 섭섭하진 않았다. 평양 기독병원 외과 과장이었던 장기려 박사가 그에게 외과를 전공하라고 권할 만큼 많은 사랑을 받았고, 그 분을 떠나는 것이 무척이나 섭섭했지만 그 무엇도 고향에 가는 기쁨을 막을 수 없었다. 그는 함흥에 있는 제혜병원을 염두에 두고 고향으로 돌아갔다. 제혜병원은 개화기 당시 캐나다 선교사가 세운 기독교 병원이었다. 그 병원에서라면 장기려 박사에게서 배운 인술을 펼치고, 고통받는 백성들을 위한 하나님의 도구로 일할 수 있을 것 같았다.

현봉학 박사는 기독교인이었기에 제혜병원에서 의사로 일하는 것에 커다란 자부심을 가지고 있었다. 함흥에서도 현봉학을 인정해 주었기에 그는 별 어려움 없이 제혜병원에 일자리를 얻을 수 있었다. 그는 고향을 매우 사랑하는 사람이었기 때문에 고향 사람들의 병을 고치고 그들에게 의술을 베푸는 것을 무엇보다 우선으로 삼았다. 그는 정말 함흥을 사랑했고 일제에 항거했던 많은 선배들에 대해 자부심을 가지고 있었다. 게다가 장기려 선생님이 즐겨 보시던『성서조선』을 창간해 민족혼을 불러일으키던 김교신 선생님도 함흥 출신이었다. 양정고보 교사였던 김교신 선생은 애국지사라기보다는 베를린 올림픽 마라톤에서 금메달을 수상한 손기정 선수의 담임선생으로 알려져 있다. 조선 어학회 사건이나 성서조선 사건 등 모진 일을 겪으면서도 꿋꿋하게 기상을 잃지 않던 함흥의 정신이라는 것이 있었다. 그런데 하루 이틀 지나다 보니 분위기가 점점 이상해지는 것을 느끼게 되었다. 러시아군이 들어오고 공산당의 붉은 깃발이 펄럭이는 석연치 않은 풍경이 펼쳐졌다. 의사니까 병 고치는 데 전념하리라는 각오로 불편한 심기를 다스리고 있는데 전해오는 소식은 암담하고 우울했다.

현봉학은 아는 집에 갔다가 러시아군이 공산당을 앞세우고 와서 그 집 아이의 그랜드 피아노를 빼앗아 갔다는 기막힌 말을 듣게 되었다. 분명 해방이 되었는데 일본 사람들 대신 러시아 군인들과 공산당들이 그 자리를 대신한 것 같았다. 자유로운 게 아니라 조심해야 한다는 말이 조용히 오갔다. 아무래도 남쪽으로 내려가야 할 것 같은 위기감이 날로 목을 조여 왔다. 얼마나 애타게 기다려오던 해방인가? 그런데 해방된 조국의 모양새는 백성들이 그리던 것과는 전혀 다른 모습이었다.

11월에 접어들자 날씨는 쌩하게 얼어붙었고 사람들의 마음도 얼음처럼 굳어져 갔다. 민심이 흉흉해지자 함부로 말하기도 겁이 나서 서로들 말을 삼가고 있었다. 일본 순사의 감시에 있을 때처럼 무거운 분위기가 마음을 짓눌렀다. 무엇인가 잘못 돌아가고 있는 것 같았다. 현 박사는 친구들과 함께 미군이 맡은 남쪽으로 가기로 결심하고 은밀히 방법을 강구했다. 그는 아마도 기독교인인 데다 의사라서 공산당의 요주의 인물의 명단에 들어 있는 것 같았다. 드러내 놓고 이동할 수 있는 처지가 아니었다. 가능한 모든 수단을 강구해 보았지만 가장 멀리 갈 수 있는 방법은 기차를 이용하는 것 외엔 없었다. 게다가 남의 눈에 띄지 않으려면 화물기차를 이용할 수밖에 없었다. 화물기차를 타고 최대한 갈 수 있는 곳은 바로 철원이었다. 일단 거기까지라도 가보자고 의견이 모아졌다.

짐칸에서 숨을 죽이며 철원까지 가는 중에 한순간도 주의를 늦출 수 없었다. 친구 둘과 현봉학, 일행 셋은 서로 귀를 세우고 작은 소리에도 촉각을 곤두세웠다. 기차가 정차한 뒤에 눈치채지 않게 살그머니 내려서 그 다음부턴 도보로 이동하기로 했다. 초소마다 위험한 고비를 넘기면서 가까스로 38선 근처까지 도착하는 데 성공했으나 더 이상 방법이 없었다. 마지막에는 길이 없어 목숨을 걸고 강을 건널 수밖에 없었다. 남한으로 오는 길은 험하고도 위험했다. 11월의 강물이 어찌나 차가운지 곧 심장이 멎을 것 같았지만 그것보다는 이따금 밤의 대기를 뒤흔드는 총소리에 기겁해서 지레 숨이 끊어질 지경이었다.

그렇게 어려움을 무릅쓰고 그들은 다행히 서울에 도착할 수 있었다. 하지만 목숨을 걸고 서울에 왔다고 해서 반겨주는 사람도 없었고 갈 곳도 없었다. 세 사람이 뭉쳐 다녀보았자 번거롭고 부담만 늘어날 뿐이어서 그들은 헤어져서 각자 거처할 곳을 찾기로 했다. 그래도 의사 면허증은 위력이 있었다. 여기 저기 병원을 전전하다가 현봉학은 적십자병원에 간신히 일자리를 얻을 수 있었다. 직장을 얻는 것으로 만족하지 않고 현봉학은 그 와중에도 배움의 길을 놓지 않고 영어를 배우러 다니는 등 자기계발에 힘쓰는 건실한 사람이었다. 배우는 길만이 살길이라는 것은 땅이 좁은 나라의 백성에게 통용되는 하나의 격언이었다. 현봉학은 자신의 앞길을 인도하신 분은 하나님이라고 고백하면서 절체절명의 위기 앞에서도 희망을 버리지 않았다. 배운 것은 다 쓰신다는 믿음이 그를 이끌어간 원동력이었다. 그의 고백대로 그는 감리교 선교사인 앨리스 윌리엄스 부인을 만났고, 부인의 주선으로 뜻하지 않게 미국 유학길에 오를 수 있었다.

서툰 영어 실력으로 미국의 의대에 들어갔으니 그 어려움이야말로 다 하지 못한다. 마침 윌리엄스 부인의 아들이 버지니아에 있는 리치몬드 주립대학의 의과대학 교수로 있었다. 그는 선교사 부모를 따라 한국에서 성장했기 때문에 한국말도 잘 했고 한국에 대한 사랑도 각별했다. 게다가 당시 그 대학에 한국사람이라고는 현봉학 한 사람뿐이었기 때문에 그는 음으로 양으로 많은 도움을 받을 수 있었다.

낯설고 물설고 말도 통하지 않는 먼 이국에서 어려운 학업을 따라가야 하는 두려움, 유학에 도움을 주신 분들에게 부끄럽지 않게 좋은 결과를 내야 한다는 압박감에 시달리며 하루하루를 보냈다. 시간을 아무리 쪼개서 써도 늘 모자라서 허덕이는 생활이었다. 하지만 세월이 약이라더니 해가 바뀌고 계절이 바뀌자 미국 생활에 익숙해져서 적응할 만하게 되었다. 그러나 한숨을 돌리고 나니 고향 생각과 가족들에 대한 그리움이 뼈에 사무치게 절절했다. 그런데 갑자기 한국으로 돌아가야 할 일이 생겼다. 이제 말귀도 대충 알아듣고 문화 차이도 어느 정도는 이해해서 막 재미가 붙으려고 하는데 다시 짐을 꾸려야 하는 처지가 된 것이다. 그는 좀 더 머물면서 공부를 마무리하고 싶었지만 욕심을 부리기엔 민망한 처지이고 향수병도 심해져서 상황에 순종하기로 했다. 그는 아쉬움을 뒤로하고 귀국길에 올랐고 모교인 세브란스에서 임상병리학 강의를 하게 되었다. 그러면서도 미국에 좀 더 머물지 못한 것에 대해 아쉬운 마음을 늘 품고 있었다.

그렇게 생활에 적응해 가고 있던 1950년 6월 25일, 갑자기 전쟁이 터졌다. 갑자기라는 말에 걸맞게 아무런 예측도 대비도 하지 못한 상황이었기 때문에 아군은 속절없이 남쪽으로 밀려 내려가고 말았다. 보따리를 이고 진 피난민 행렬이 개미떼처럼 이어졌다. 피난민들은 어느 곳으로 가야 할지 정처는 없었지만 난리를 피해서 남쪽을 향하고 있었다. 이승만 정권의 채병덕 장군이 폭파해버린 한강 철교를 타고 피난 행렬은 위험천만 아슬아슬하게 남쪽으로, 남쪽으로 내려가고 있었다. 아무래도 피난을 해야 할 상황에 놓인 현 박사 일행은 어떻게 한강을 건널까, 방도를 찾으려고 강가에서 서성였다. 추운 강물을 건너온 경험이 있었기에 안 되면 헤엄이라도 칠 각오였다. 아무려면 6월의 한강물인데, 설마 죽으라는 법은 없을 것이다.

"아, 저기 배가 있네요!"

일행 중 한 명이 탄성을 질렀다. 가리키는 곳을 보니 거짓말처럼 작은 쪽배가 흔들리고 있었다. 반가우면서도 왠지 환상이 아니라면 이 아쉬운 판국에 빈 배가 있을 리가 없지 않은가, 의심이 들었다. 폭탄이 장착되어 있든지 무슨 수가 있겠지. 조심스럽게 다가가보니 아니나 다를까, 바닥에 구멍이 난 배였다.

"그러면 그렇지. 이 판국에 누가 멀쩡한 배를 놔두고 저 위험한 철교를 건너겠어?"

손바닥만한 구멍으로 물이 들어와 배 바닥에 물이 흥건했다.

"가만있자, 저 구멍을 메우면 되잖아."

"지금 아무런 장비도 없는데 무슨 수로 구멍을 메웁니까? 겨우 들고 있는 것은 피난길에 들고 나온 밥사발하고 수저뿐인데 톱이나 망치 같은 도구도 없고……."

"……."

"그래도 다른 곳은 멀쩡한 것 같으니 내가 저 구멍을 막고 앉아볼게. 과학적으로 물이 들어오는 속도보다 퍼내는 속도가 빠르면 되는 것 아닌가."

"그러게요. 마치 왼발이 빠지기 전에 오른발을 딛고, 오른발이 빠지기 전에 왼발을 디디면 물위로 걸어갈 수 있다는 논리와 같네요. 어쨌든 한번 해 봅시다. 교수님이 앉으세요. 우리가 밥그릇으로 총알 같은 속도로 물을 퍼낼게요. 노 젓는 사람이 최대한 빨리 노를 저으면 가라앉기 전에 건너편에 도착할 겁니다."

"좋아, 그런데 다들 수영은 할 줄 알지? 잘 못 되더라도 짐만 잃는 것이지 목숨은 부지할 수 있을 테니까. 한번 해 봅시다."

그렇게 해서 엉덩이로 구멍을 막고 다른 친구들이 물을 퍼내면서 무사히 한강을 건넜다. 구멍난 배로 강을 건너는 작전에 성공한 일행은 용기백배해서 대전을 거쳐 대구까지 피난을 하게 되었다. 전쟁통에 의사는 할 일이 많았다. 그러나 의사보다 더 중요한 일, 통역으로 차출되어 해병대 소속으로 일하게 된 것이 현 박사가 한국 전쟁사에 길이 남게 된 운명적인 일이다.

2년 동안 미국 유학을 한 덕택에 영어로 의사소통이 가능한 것이 현 박사의 큰 장점이었다. 한국군은 물론이고 미군에게도 그 둘 사이를 소통시킬 수 있는 통역이 필요했다. 때문에 민간인인 현봉학을 납치하다시피 잡아다 대한민국 해병대 사령관 고문이라는 직함을 씌워서 통역을 하라고 했다. 말이 사령관 고문이지 해병대가 움직이는 곳은 어디나 동행해야 했기 때문에 전투요원과 다를 바가 없었다. 특혜가 있다면 본부에 있는 덕분에 좀 더 안전하다고 할까. 어쨌든 현 박사는 진주를 점령한 인민군이 마산까지 진출하지 못하도록 저지했던 진동리 전투, 즉 인민군에게 빼앗겼던 통영을 탈환하는 전투에 투입되어 김성은 부대와 함께 전장을 누볐다.

그 사이 맥아더 장군은 역사에 남을 인천 상륙작전에 성공함으로써 인민군의 허리를 끊었다. 그리고 그 기세를 몰아 세찬 기세로 북진하고 있었다. 빼앗겼던 서울이 수복되었고 전세가 역전되자 현봉학 통역고문은 서울로 돌아가서 미뤄 둔 일을 계속할 참이었다. 피난 갔던 가족들이 한 사람도 상하지 않고 무사히 돌아와 상봉하는 기쁨도 잠시, 어느 날 해병대의 대위가 신당동 집까지 현봉학을 찾아왔다.

"김성은 부대가 지금 강원도 고성에 주둔하고 있습니다. 북으로 올라가면서 태백산맥 줄기에 숨어 있는 인민군 잔당들을 소탕하고 있는데, 당신이 절대적으로 필요합니다."

그는 손에 신현준 준장의 전갈을 들고 있었다. 현봉학은 잠시 생각에 잠겼다. 그동안 국가를 위해 할 만큼 했다는 생각과 이제 본업으로 돌아가야겠다는 마음이 들었다. 그러나 국가가 요구하는 일이고 더구나 부대에서 자신을 그토록 필요하다는데 망설이는 것은 배신 행위라는 생각이 그를 괴롭혔다. 다른 한편으로는 전쟁터를 누비기보다는 병원에서 본업에 충실하면서 평안한 삶을 살고 싶었다. 두 마음이 갈등하는 동안 대위는 아무 말 없이 기다려 주었다. 현봉학은 한참을 망설인 끝에 자신을 필요로 하는 곳에 가는 것이 옳다는 생각으로 대위를 따라 나섰다. 부대에서 전용기까지 마련해 주었으므로 원산까지 전용기를 타고 갔다. 부대에서 상당한 예우를 한 셈이었다. 거기서 지프로 갈아타고 고성으로 향했다. 아니나 다를까, 예상한 대로 진급한 김성은 대령이 신현준 준장 옆에서 호방하게 웃고 있었다. 그렇게 해서 현봉학은 다시 해병대에 합류하게 되었다.

현봉학은 군인으로 살았어도 괜찮았을 정도로 활동적이고 건강하고 긍정적인 사람이었다. 어쨌든 그는 해병대의 통역고문 역할을 훌륭하게 수행하는 중이었다. 그것도 보람 있는 일이었지만 가을이 소슬하게 짙어가자 왠지 마음도 따라서 쓸쓸해졌다. 10월 중순이 되자 강원도 고성에는 이미 겨울이 내려오고 있었다. 쌀랑해진 바람이 옷섶을 파고들었고 바람이 한번 일어날 때마다 길가의 낙엽이 우수수 정처 없이 몰려다녔다. 전투는 잠시 소강국면에 접어들었고 서른이 다 되어가는 노총각은 몹시 가을을 타고 있었다.

그러던 어느 날 부대가 술렁이며 사람들의 움직임이 빨라졌다.

"미 10군단 알몬드 소장이 시찰 오신다네, 자네도 준비하게."

부산하게 준비하는 가운데, 군용기에서 내린 알몬드 소장은 부참모장 포니 대령을 동반하고 부대에 나타났다. 현봉학은 오랜만에 통역을 하느라 분주한 시간을 보냈다. 사열을 마치고 사령관실에 들어온 알몬드 소장은 현봉학을 바라보며 영어를 잘한다고 칭찬했다.

"미국에서 2년 동안 공부를 했습니다."

"아, 그래요? 어디에서 공부했나요?"

"버지니아, 리치몬드 의대에서 병리학을 공부했습니다."

"버지니아라구? 내 고향이 바로 버지니아 루레이인데. 참 반갑군요."

알몬드 소장은 현봉학을 마치 고향친구를 만난 듯 반가워했다. 남의 나라에 와서 전쟁을 하는 가운데 고향 생각이 더 절절했을지도 모른다.

"그럼 당신 고향은 어디입니까?"

"함흥입니다."

"오! 이런 우연이 있나. 현재 우리 10군단 본부가 함흥에 있어요. 고향에 가고 싶으면 지금 바로 일어섭시다."

"저는 해병대 소속이라서 안 됩니다."

그는 알았다는 듯이 고개를 끄덕였다.

"그럼, 며칠 후에 함흥에서 아주 큰 행사가 있으니 그때 봅시다. 신현준 준장을 모시고 오시오."

알몬드 준장 옆에 서 있던 포니 대령은 미소를 지으며 악수를 청했다. 며칠 후에 함흥에서 만나자며 손을 잡았다. 그는 따뜻하고 겸손하며 인간애가 물씬 풍기는 사람이었다.

정말, 며칠 후 미 10군단에서 군용기를 보내주었다. 높은 분들을 모시고 다니다 보니 통역도 덩달아 같은 대우를 받는 것이 송

구스러울 정도였다. 그날 함흥에서 신현준 준장과 손원일 제독에게 은성훈장을 수여하는 행사가 있었는데 현 박사가 그 행사의 통역을 맡게 되었다. 이어 이승만 대통령의 연설이 한 시간 가량 이어졌다. 서울을 수복하고 북진하고 있는 군인들을 격려하는 말씀과 반드시 통일을 이루어 달라는 부탁의 말씀이었다. 현봉학 통역이 행사를 무사히 마치고 돌아가려는 찰나, 알렉산더 헤이그 대위가 명령장을 건네주었다. 그는 알몬드 소장의 부관이었다.

'오늘부터 미군 10군단 민사부 고문으로 임명함'

그래서 현봉학은 함흥에 눌러앉게 되었다. 고향이 끌어당기는 힘이라는 것이 무엇인지, 갑작스런 변화에도 당황하지 않았던 것은 그곳이 바로 함흥이었기 때문이다. 성진에서 태어나 돌을 넘긴 후부터 함흥에서 줄곧 살았으니 유년 시절과 청소년의 모든 추억이 오롯이 함흥에 있었다. 고등학교를 졸업하고 세브란스 의과대학에 진학한 후에도 모든 유년의 추억, 집, 가족, 친구들은 그대로 고향에 남아있었다. 다시 되찾은 고향에서 일하는 것도 나쁘지 않았기 때문에 그는 흔쾌히 제의를 받아들였다.

나중에 알게 된 일이지만 그를 통역으로 쓰고 싶은 알몬드 소장과 신현준 준장 간에 모종의 거래가 있었다. 한국 해병대가 필요로 하는 트럭 칠십 대와 탄약 수백 톤을 현봉학과 바꾸기로 했다는 것이다. 어쨌거나 그를 그렇게 높이 평가해주다니 기분이 나쁘진 않았다. 민사부 장교들과 함흥 재건을 위한 회의를 하면서 그는 고향을 위해 쓰임받고 있다는 자부심으로 기분이 들떴다. 그 자리에서 젊은 통역 장교 박근을 만난 것도 큰 수확이었다.

함흥에 머물면서 고향 친구들을 만나고 교회도 가고 무엇보다 피난 갔다 돌아오신 어머니를 만난 것은 말로 할 수 없는 큰 기쁨이었다. 어머니는 나름대로 씩씩하게 살아가시면서 자녀들을 격려하고 여러 가지 일에도 개입하셨다. 그러나 재회의 기쁨도 잠시, 중국이 전쟁에 개입하면서 중국군들이 압록강과 두만강을 넘어 북한 땅으로 대거 밀려오고 있다는 소식이 들어왔다. 그 병력이 엄청났기 때문에 전혀 손을 쓸 수 없는 상황이라고 한다. 10군단 본부에 새로운 긴장감이 돌았다. 수런거리는 공기, 병사들의 얼굴에 드리워진 긴장감, 뭔가 불길한 예감이 스쳐갔다. 군단 본부에서는 새로 선출된 함흥 지사와 몇몇 기독교 인사들을 이미 비행기로 피신시켰다고 했다. 전투 사정은 좋지 않았고 날씨마저 추워서 전선에 나가있는 병사들이 걱정이었다.

태백산맥을 통해 북으로 오던 인민군 부대와 중국군이 합세하여 원산을 다시 점령하면서 사태는 반전되었다. 북진통일을 바로 눈앞에 둔 상황에서 원산을 빼앗기고 함흥에 미 10군단의 약 10만 병사가 고립된 형국이었다. 함흥을 지키려고 장진호 전투에서 필사적인 전투가 계속되었는데 워낙 많은 수의 인해전술로 밀고 내려오는 중국군을 당할 재간이 없었다. 미군 쪽의 인명손실도 많았고 추위 때문에 희생자가 날로 늘어났다.

중국군이 대거 밀려 내려오면서 크리스마스 안으로 북쪽을 완전히 점령하려던 계획이 차질을 빚게 되었다. 국군과 연합군이 11월 25일 대공세를 감행해서 유담리까지 올라갈 때까지는 곧 전쟁이 끝날 것 같았다. 그러나 예기치 않게 11월 27일부터 밀려오는 중국군에 의해 약 만오천 명의 군사들이 장진호 계곡에 갇히게 되었다. 11월 30일, 급박해진 유엔군은 철수를 명령했고 가능하면 준비 중인 비상활주로를 사용하여 항공으로 철수할 것을 제안했다. 그렇게 되면 철수는 빨라지겠지만 남아서 비행기를 엄호해야 할 해병대 2개 대대가 희생되어야 하는 작전이었다. 당시 해병대 올리버 스미스 사단장은 제2차 세계대전에 참전한 경험이 있는 노련한 군인이었다. 그는 이 제안을 거부하고 모두 다 육로로 철수할 것을 결정했다. 그는 기자와의 인터뷰에서 '후퇴가 아닌 새로운 방향의 공격'이라는 유명한 말을 남기기도 했다.

낮에도 영하 20도를 오르내리고 밤에는 영하 30도가 넘는 개마고원의 혹한 속에서 병사들은 속절없이 얼어 죽어갔다. 어떤 병사는 아침에 눈을 떠서 일어나려고 하는데 침낭의 지퍼가 얼어붙어서 침낭에서 빠져나올 수가 없었다. 몸부림을 치며 지퍼를 열고 나오려고 하는데 침낭의 틈새로 자기에게 수류탄을 들고 다가오는 중국군을 보았다. 자신도 모르게 비명을 지르는 순간 폭발음이 들렸다. 아, 죽었구나, 잠시 후 다른 세상에 와 있나, 눈을 떠 보니 중국군이 쓰러져 있었고 자신이 살아있었다. 마침 그의 비명을 듣고 미군 병사가 중국군을 향해 먼저 총을 쏜 것이었다. 하얀 눈 위에 핏자국이 선연했다. 붉은 피와 오래된 검은 피가 범벅이 되었고 강시가 된 시체들이 여기 저기 뒹굴고 있었다. 지옥이 있다면 바로 이런 모습일 것이다. 꽁꽁 얼어붙은 전우의 시체들을 제대로 수습할 수 없어 트럭에다 그대로 쌓아 올렸다. 동상에 걸려 신음하는 전우들을 트럭에 싣고 가는 도중에 그 트럭 위에다 적군이 수류탄을 던져서 부상자를 산산조각 내어 버린 끔찍한 광경을 목격하기도 했다.

추위는 적군과 아군의 구별 없이 많은 병사들을 얼어 죽게 만들었다. 미군은 물론이지만 중국군도 말할 수 없이 많은 수가 희생되었다. 한국군과 미군은 자신과 상관도 없는 중국군과 서로 죽고 죽이는 살상을 하고 있었는데 나중에 알고 보니 중국군들의 상당수는 연변 지역에 살던 한국인들이었다. 일제의 탄압을 피해 만주 지역에 살고 있던 그들도 잘못된 정보를 듣고 나라를 구해야 한다는 애국심으로 중국군에 자원한 한국인이었다. 꽃다운 나이의 청춘들이 피어 보지도 못하고 동토의 땅에서 붉은 피를 각혈하듯 쏟으며 스러져 갔다.

당시 중국군 오십 명을 사살하고 동료들을 안전하게 대피시킨

장진호 전투에서 얼어 죽은 병사들

돌아온 배

공로로 훈장을 받고 영웅이 되었던 참전 용사는 말년에 자신의 심정을 털어놓았다. 주위에서는 그에게 훈장을 달아주면서 영웅으로 대접했지만 그는 전투 이야기를 일체 입에 담지 않았고 팔십이 넘은 노인이 되어서도 이따금 악몽에 시달리고 있다고 고백했다.

"너무 추운 날 밤이었어요. 우연히 텐트에서 나갔는데 내 앞에 10미터도 안 되는 거리에 사람들이 서 있는 겁니다. 좀 이상했어요. 손에 총을 든 채로 고개를 숙이고 있더라고요. 소리를 쳐도 응답이 없기에 적군이라고 판단하고 총을 쏘았습니다. 내가 먼저 쏘지 않으면 우리가 총을 맞게 되니까요. 정신없이 총을 쏘자 동료들이 합세를 했지요. 그런데 나중에 알고 보니 그 사람들은 내가 총을 쏘기 전에 이미 얼어 있었던 겁니다. 서서 죽은 상태였어요. 그 다음부터 나는 악몽에 시달리게 되었습니다. 그 사람들 너무 불쌍했어요."

그리고 40킬로미터에 이르는 죽음의 계곡을 장장 10여 일을 걸려서 간신히 빠져나올 수 있었다. 장진호 계곡의 끝자락인 하갈우리에 이르렀을 때 거의 4천 명에 가까운 사망자와 3천 명이 넘는 부상자가 생겨났다. 대부분 동상에 걸렸고 포로로 잡혀 죽을 고비를 넘긴 연합군들도 있었다. 어쨌든 미 해병대 1사단이 목숨을 걸고 장진호에서 중국군의 남하를 저지했기 때문에 하갈우리에서 고토리, 진흥리, 함흥까지 무사히 철수 작전이 진행될 수 있었다. 이 모진 전투에서 살아남은 사람들은 '초신 퓨, The

Chosin Few'라는 참전 용사 모임을 만들었고 전설 같은 당시의 역사를 증언하는 산 역사가 되었다.

당시 해병대 1사단에게 북진을 명령했던 알몬드 소장도 역시 난감한 처지에 있었다. 아무래도 작전상 후퇴를 해야 하는데 퇴각할 루트가 마땅치 않았다. 이미 원산이 적의 손에 들어갔기 때문에 육로로 퇴각하기는 힘든 상황이고 또 육로를 택했다가 얼마나 피해를 입을지 알 수 없었다. 결국 길은 해상밖에 없다는 결론을 내렸다. 그러나 배를 모두 동원해도 단시간에 10만 명이나 되는 병력과 물자를 수송하는 것은 쉽지 않은 일이다. 어떤 길을 택해도 어려운 일이었지만 한참 토의 끝에 흥남부두를 통해 배로 수송하는 방안이 논의되었다.

현봉학은 눈앞이 아찔했다. 흥남에서 순조롭게 철수작전을 수행하기 위해 흥남으로 들어오는 다른 모든 길들을 작전상 통제하기로 했다는 소식이 그의 귀에 들렸다. 민간인들의 출입을 막아놓고 병력을 우선 철수시키자는 것이다. 그렇다면 길이 막힌 고향 함흥 사람들은 어떻게 하나? 그들도 피난을 가려면 흥남부두까지 와야 할 텐데 길을 막아 놓았으니 독안에 든 쥐가 된 셈이다. 군인들도 못 가는 위험한 육로로 갈 수도 없고 바닷길도 막아놓았으니 오도가도 못 하는 신세가 된 것이다. 게다가 함흥에는 기독교인도 많고 공산주의에 맞서 싸운 민주인사들도 있었으며 일제식민지하에서도 항일 운동을 하던 꼿꼿한 지사들이 많이 살고 있었다.

전쟁 중에 공산군이 기독교인들을 처형한 사례가 있었다. 일찍이 캐나다와 미국에서 공부하고 귀국한 조희렴 목사는 함흥 출신으로 언더우드 선교사가 서울에 세운 경신학교를 졸업했는데 어학에 특별한 재능이 있었다. 그래서 선교사들의 도움으로 캐나다의 낙스칼리지를 졸업하고 토론토 신학대학을 거쳐 시카고대학 신학부에서 박사과정을 수학한 수재였다. 시카고 대학은 석유재벌 록펠러의 기부금으로 설립된 유명한 대학이다. 조국의 부름으로 귀국해서 일제 식민지에는 일본에 항의하다 옥살이를 하고 해방 후에는 원산에서 활약하면서 공산주의에 저항했다. 그러나 원산이 공산군의 손아귀에 들어가자 공산군은 조희렴 목사를 잡아다가 고문하고 투옥시켰는데 국군이 원산에 들어오는 날 후퇴하면서 총살해 버린 사건이 있었다. 목사는 물론이고 신도들도 미국의 앞잡이라며 잡아갔기 때문에 기독교인들은 몸을 숨기고 있는 형편이었다. 함흥이 다시 공산당의 손에 들어간다면 겨우 자유를 찾았다고 안심했던 함흥 사람들은 목숨을 부지할 수 없을 것이다. 교회의 목사님과 학교 은사 그리고 친구들의 얼굴이 눈앞에 아른거렸다. 그들을 그냥 죽도록 방치해서는 안 된다. 무엇인가 해야 하는데 무슨 일을 해야 하나, 또 무슨 일을 할 수 있는지 도무지 판단이 서질 않았다.

현봉학은 신 앞에 무릎을 꿇었다. 어릴 때부터 믿음의 집안에서 자라나 신앙생활이 몸에 배었지만 간절히 기도해 본 기억은 별로 없었다. 물론 유학을 갈 수 있도록 길을 열어주세요, 무사히 한탄강을 건너 남한 땅에 닿게 해주세요, 시험에 합격하게 해주세요, 어려울 때마다 하나님께 기도를 드렸고 감사하게 이 날까지 잘 인도해 주셨다. 그러나 그것은 다른 여느 종교에서도 하는, 아니 종교가 없는 사람도 천지신명에게 빌 수 있는 그런 본능적 기도였다. 하지만 이번에는 급했다. 되면 좋고 안 되면 할 수 없는 그런 사안이 아니었다. 그러나 일개 통역이 할 수 있는 일이 무엇인가. 염치없지만 다시 하나님께 매달리는 수밖에 없었다.

'하나님 우리 백성을 구해주세요. 흥남 사람들 어떻게 합니까. 이 추위에 개마고원에서 싸우고 있는 병사들을 지켜주세요.'

나 혼자 안전하다고 될 일이 아니었다. 무릎을 꿇고 앉은 현봉학에게 에스더의 구절이 떠올랐다.

'죽으면 죽으리라.'

그는 즉시 에스더서를 찾아 펼쳤다. 그 어디에선가 지혜가 생겨날 수도 있다는 기대를 품고 성경을 읽어 내려갔다. 유대 백성을 죽이려는 하만의 음모에 맞서 에스더는 왕에게 진상을 아뢰기로 한다. 물론 에스더가 결심을 하는 데는 그의 삼촌 모르드개의 말이 결정적이었다. '너는 왕궁에 있으니 홀로 목숨을 건질 것이라고 생각하지 말라. 네가 잠잠하여 말이 없으면 유다인은 다

돌아온 배

른 방법으로 구원을 받을 것이다. 그러나 네가 왕후의 자리를 얻은 것이 이때를 위함인지 누가 알겠느냐.' 에스더는 이 말에 깨달은 바가 있어 목숨을 걸고 왕에게 나갔다. 왕이 불러야만 왕을 알현할 수 있는 전제 군주를 멋대로 만나러 가는 것은 자칫 죽음을 의미한다. 왕이 기분이 좋아서 금홀을 내밀어주면 살 수 있지만 무례하다고 만나주지 않으면 죽을 수밖에 없는 위험한 시도였다. 에스더는 모든 사람에게 금식을 부탁하고 자신도 금식기도를 한 후에 비장하게 '죽으면 죽으리라'는 말을 남기고 왕을 알현하러 갔다. 물론 해피엔드로 끝나는 이야기다.

거기에 비하면 현봉학 자신은 노력해서 안 되더라도 죽을 위험은 없다. 까짓 통역장교 잘리면 의사로 복귀하면 되는 것이다. 에스더에 비하면 '죽으면 죽으리라'는 비장한 각오를 할 필요도 없었다. 그러나 '네가 통역의 자리에 있는 것이 바로 이 때를 위함인지 누가 알랴'는 주님의 음성이 귓가를 맴도는 것 같았다. 돌이켜보면 지금 자신이 함흥에 있는 것은 우연치고는 너무나 기적 같은 일이었다. 알몬드 소장의 민사 고문이 된 일도, 통역 일을 하게 된 것도 이 백성을 살리려는 신의 손길임이 분명하게 느껴졌다.

현봉학은 용기를 내서 알몬드 소장을 만나러 갔다. 알몬드 소장 역시 고민에 싸여 있었다. 중국군이 개입할 가능성이 있다는 정보를 미리 받았는데도 불구하고 너무 얕잡아 보았던 자신의 실책으로 인해 수많은 사상자가 나왔기 때문에 몹시 괴로워하고 있었다. 알몬드 소장은 그까짓 오합지졸의 군대가 두려워서 여기서 멈춘다면 미 해병의 수치다, 빠른 속도로 북진해서 두만강까지 탈환하자고 오히려 북진을 독려했던 것이다. 하지만 오합지졸 수준의 중국군은 연합군의 열 배가 넘는 인해전술로 계속해서 강을 건너오고 있었다.

"지금 함흥이 언제 적의 손에 넘어갈지 모른다. 장진호 전투에서 최대한 적을 저지하는 사이에 흥남부두를 통해 빠르게 철수를 해도 될까 말까한 상황에서 민간인까지 데리고 가는 것은 위험하고도 불가능한 일이다."

그는 현봉학에게 거부 의사를 분명히 밝혔다. 현봉학도 알몬드의 입장을 충분히 이해하고 있었기 때문에 쉽게 허락하리라고 기대하지 않았다. 그러나 알몬드 소장을 조르는 수밖에 다른 방법이 없었다.

"장군님, 물론 장군님의 말씀이 옳습니다. 군인을 대피시키기도 어려운 상황이라는 것도 압니다. 그러나 공산군이 들어오면 함흥 사람들 특히 우리를 도와준 협력자들과 기독교인들이 가장 먼저 처형될 것입니다. 유엔군을 도와 일했던 반공 인사들이 죽을 것이 뻔한데 어떻게 그냥 두고 갑니까? 제발 살려주십시오."

알몬드 소장은 깊은 고민에 빠졌다. 그러는 사이에 함흥 사람들은 부대가 철수한다는 소문을 듣고 동요하기 시작했다. 피난을 가려고 해도 길이 통제되어 있어서 오도가도 못 하는 신세였다. 함흥 기독교 대표들이 현봉학을 찾아와 백성들을 살려달라고 애원하기에 이르렀다. 1950년 12월 초순, 미 10군단 사령부가 함흥에서 흥남으로 철수하자 위기감이 한층 높아졌다. 현봉학은 번민으로 밤을 지새웠고 자존심이나 체면을 다 팽개치고 기회가 될 때마다 알몬드 소장을 찾아갔다. 알몬드 소장도 역시 괴로워서 더 이상 현봉학을 만나고 싶지 않았으므로 그를 피하고 있었다. 그 때마다 포니 대령은 입으로는 '소장님 안 계십니다'라고 말하면서 그에게 들어가 보라고 눈짓을 보냈다.

함흥 사람들을 살려야 한다는 생각만으로 막무가내로 알몬드 소장을 찾아가던 현봉학은 문 앞에서 주저했다. 알몬드 소장도 현봉학을 좋아했고 또 한국인들을 지극히 사랑하는 사람이었다. 너무 괴롭게 구는 것이 아닌가 싶어 돌아서려고 하는데 포니 대령이 미소를 지으며 현봉학의 팔을 잡아끌었다.

"나와 함께 들어가 봅시다."

현봉학이 매일 찾아와서 함흥 사람들이 얼마나 위험에 처해있는지 수없이 반복했기 때문에 포니 대령과 함께 들어서는 현봉학을 보자 알몬드는 고개를 돌렸다. 듣거나 말거나 현봉학은 다시 한번 민간인들을 살려달라고 눈물로 애원을 했다.

"지금으로서는 방법이 없어요. 군인들 태울 배도 마땅치가 않은데……, 정 그러면 한번 방법을 찾아보도록 합시다."

알몬드 소장은 침울하게 말했다. 그 한마디 말에 가느다란 희망의 실마리가 보이는 것 같았다. 그 후 현 박사는 다음날 회의에 나오라는 통보를 받았다. 한 가닥 희망을 안고 부랴부랴 본부에 도착했는데 포니 대령의 얼굴이 밝았다. 좋은 일이 있을 것 같은 예감이 들었다. 회의장에는 알몬드 소장과 포니 대령, 제1군단장인 김백일 소장과 부관 그리고 현봉학이 참석하고 있었다.

"어제 포니 대령과 상의한 결과 배의 화물을 잘 조절하면 약 4천 명 정도를 태울 수 있을 것 같다고 합니다."

알몬드 소장이 먼저 입을 열었다. 4천 명! 한 사람도 구하지 못할 것 같았는데 4천 명이나 구해 주겠다니, 꿈만 같았다.

"대신 현봉학 고문이 책임을 지고 승선할 민간인 4천 명을 추려서 내일 밤 열두시 이전에 함흥역에 모이도록 하시오. 기차가 함흥역을 열두시에 떠나면 흥남에 새벽 3시에 도착할 것이고, 새벽 5시에는 배를 탈 수 있을 것입니다. 차질 없도록 신속하게 움직이세요."

김백일 장군과 현봉학은 알몬드 소장에게 감사의 인사를 드렸다. 알몬드 소장이 민간인 사천 명을 태워주겠다고 한 것은 대단한 결단이었다.

현봉학은 그 길로 바로 함흥으로 달려갔다. 반공인사들이나 교회에 관련된 사람들은 자신이 파악할 수 있지만 천주교인들도 데려가야 했다. 그는 10군단 군목인 클리어리 신부를 찾아가 천

주교인들에게 연락해줄 것을 부탁했다. 자신은 10군단 군목이자 장로교 선교사 해롤드 보켈과 함께 부지런히 시내를 돌아다녔다. 그는 한국 이름을 옥호열이라고 했으며 초기 개신교 선교사인 스왈론의 사위였다. 교회마다 다니면서 자정 전에 함흥역으로 나오라고 소리쳤다. 때로는 기도하고 있던 교인들을 만나기도 하고 어릴 적 친구를 만나기도 했다.

그는 친구에게 가서 내일이면 함흥에서 미군이 완전 철수를 하니까 오늘 밤 무조건 함흥역에 가서 기차를 타고 피난을 가라고 일러주었다. 그는 고맙다고 하면서도 우물쭈물했다. 빨리 서둘러고 다그치자 사실 아내가 만삭이고 예정일이 내일모레인지라 움직일 수 없다고 체념한 듯 말했다. 추위에 만삭의 아내를 데리고 피난길에 오르는 것은 무리였지만 그는 교회에 다녔고 학교에서 교편을 잡고 있었으므로 위험에 빠질 수밖에 없었다. 그러나 최후의 선택은 본인에게 달려있는 것이므로 아쉽게 발걸음을 옮기는 수밖에 없었다. 이제 거의 다 알렸다고 생각하고 옥호열 군목과 지프에 올라 함흥역으로 가려고 할 때 누군가 함흥 교도소에도 교인들이 있다고 일러주었다.

마침 미국 헌병이 형무소를 지키고 있었기 때문에 다급하게 사정을 이야기했다. 헌병은 의아해 하면서도 찾아보라고 문을 열어주었다. 과연 한 구석에서 찬송을 부르는 무리들을 찾아낼 수 있었다. 말이 통하지 않던 미군은 그들이 공산당인 줄 알고 가두어 두었던 것이다. 미국 헌병이 일이 잘못되었다고 사과하며 차를 내주어서 그들을 무사히 함흥역으로 데려갈 수 있었다.

저녁부터 함흥역에 수많은 사람들이 모여들었다. 준비할 시간이 부족했음에도 불구하고 그들은 추위에도 아랑곳하지 않고 양식 꾸러미를 메고 짐보따리를 챙겨 웅성웅성 서 있었다. 팽팽한 긴장감이 돌았으나 무질서하지는 않았다. 어머니들은 어린 아기들을 업은 채로 양손에 짐을 들고 있었다. 어린것들을 솜옷으로 두르고 귀마개까지 싸맸지만 기다리는 동안 추위로 발을 동동 구르고 있었다.

시간이 좀 지체되었지만 열차는 무사히 떠났다. 열차가 떠나는 것을 보고 옥호열 군목과 현봉학은 지프를 타고 열차보다 앞서 흥남으로 달려갔다. 민간인을 한 명도 못 건질 줄 알았는데 사천 명이나 피난시켜준다고 하니 고맙기 그지없었다. 또 그 일을 해낸 자신이 자랑스럽고 스스로 대견했다. 기도를 들어주신 하나님께도 감사 또 감사했다.

하지만 해병대 본부에서는 피난민을 가장한 공산당 스파이가 있을지도 모른다는 논란이 있었다. 만일 공산당을 배에 태웠다가 테러를 하면 어떻게 하느냐는 신중론이 제기되었다. 그러나 데려가기로 약속을 하고 흥남부두에 버려둘 수는 없는 처지였다. 설왕설래, 중구난방으로 여러 의견이 오고 갔으나 하나로 모아지지는 않았다. 결국 믿고 데려가기로 결정을 하고 많은 우려 가운데서 피난민을 실은 배는 무사히 떠났다. 흥남부두를 빠져나가는 배 갑판 위에서 그들은 손을 흔들며 감사를 표현했다. 현봉학도 안도의 한숨을 쉬며 손을 흔들어 배웅했다.

그런데 이게 웬일인가? 날이 밝기 시작하자 부두에 민간인들이 하나, 둘 나타나기 시작했다. 함흥 인구의 절반쯤 되는 사람들이 흥남부두로 밀려들고 있었다. 그들은 기차를 타지 못하자 60리 길을 걸어서, 그것도 통제된 도로가 아닌 산길과 논밭두렁을 걸어서 모여들고 있었다. 도로를 모두 통제했기 때문에 길이 아닌 곳에 길을 내며 오고 있었다. 현봉학은 물론이고 알몬드 소장도 무척이나 당황했다. 아니, 이 많은 인구를 어떻게 하라고. 지금의 여건으로는 미군 10만 명을 무사히 퇴각시키는 것도 미지수인데, 어쩌자고 이 많은 사람들이 밀려오고 있는 것일까. 도로가 통제된 탓에 그들은 추수가 끝난 논과 밭을 가로질러 흥남으로, 흥남부두로 모여들고 있었다. 그들은 오로지 살고자 하는 일념 하나로 추위를 아랑곳하지 않고 무작정 길을 떠난 사람들이었다.

예상치 못한 피난민들이 흥남부두로 모여들자 미군들도 당황했다. 우선 그들을 수용할 만한 시설이 없었다. 더구나 그들을 태울 수 있는 배도 없는 상황이었다. 군인들을 실어 나를 배도 부족한 형편이라 해병대를 통해 부산으로, 일본으로 급한 전보를 쳐서 배를 빨리 보내달라고 독촉하는 실정이었다. 며칠이 지나도 배는 오지 않고 대책 없는 피난민 대열은 자꾸만 늘어갔다. 흥남

사람들은 자기 집의 방이나 외양간뿐 아니라 내줄 수 있는 모든 시설을 함흥에서 내려오는 피난민들에게 제공해 주었다. 학교와 같은 공공시설을 모두 동원했지만 피난민들을 다 수용할 수 없었다. 그래서 밖에서 지내는 사람 중에는 지독한 추위 때문에 얼어 죽는 노약자도 있었다.

기다리다 못한 사람들 중 어떤 사람들은 자신들의 힘으로 고깃배를 빌려서 타고 떠났다. 어느 배나 사람을 많이 태워야 하는 사정으로 피난민들은 아쉽게도 짐을 포기하였고 최소한의 것만 지닌 채 배에 올랐다. 여유 있게 앉을 공간도 부족해서 그냥 배 위에 선 채로 한계선까지 사람을 태웠다. 원산도 사정은 마찬가지였고 많은 사람들이 모든 배를 동원해서 남으로 내려가고 있었다. 바다 위로 매섭게 부는 칼바람도 개의치 않은 채 서로 꼭 붙어 서서 몸으로 바람 채찍을 견뎠다. 배를 타다가 실족해서 바다로 떨어지는 사람도 있었고, 떠나는 친지를 마중하러 나왔다가 배가 움직이는 바람에 배로 떨어져서 원하지 않게 피난을 한 경우도 있었다.

영안모자로 유명한 백성학 사장이 이러한 경우에 해당된다. 그는 교회학교 선생님을 배웅하러 나왔다가 선생님이 쥐어주는 용돈을 받으려고 손을 잡았는데 그만 배가 떠나는 바람에 배안으로 끌려들어가서 남쪽으로 오게 된 경우다. 함흥이나 원산이나 마찬가지로 당시 사람들은 잠시만 소나기를 피하면 될 줄 알

있다. 그래서 가벼운 마음으로 떠난 사람들이 대다수인데, 그들은 영영 다시 돌아갈 수 없었다.

흥남에 모여 있던 사람들에게 먹을 것을 줄 수 없던 미군은 인민군이 후퇴하면서 남기고 간 창고를 헐어서 양식을 공급했다. 낮에는 부두에 나와서 배를 기다리다 해가 지면 숙소로 돌아가는 피난 생활이 며칠간 계속되었다. 드디어 일주일 만에 배가 도착했다. 그렇게 시작한 철수작전은 눈물겨웠다. 우선 군인들을 철수시켜야 하는데 민간인들이 군인들을 계속 따라다녔기 때문에 부두에는 군인과 민간인이 한데 뒤얽혀있었다.

현봉학 박사가 계속 탄원을 하는데도 미군측에서는 불가능하다는 입장을 고수하고 있었다. 참다 못한 김백일 장군은 그렇다면 대한민국 국군이 배를 타지 않고 육로로 퇴각할 테니 피난민을 대신 태워주라고 사정했다.

"저 사람들 여기에 두고 가면 다 죽습니다. 죽을 것이 뻔한데 어떻게 두고 갑니까? 정 실어 나를 배가 없다면 우리가 데리고 육로로 퇴각하겠습니다. 그냥 놔두면 자기들끼리 가다가 다 얼어 죽고, 잡혀 죽습니다."

알몬드 소장은 한국군이 피난민을 호위하면서 육로로 퇴각하겠다는 말을 듣자 깜짝 놀라며 안 된다고 했다. 김백일 장군은 '차라리 우리 총으로 쏴 죽이고 가든지, 저 사람들을 어떻게 두고 가는가!'라고 탄식했다. 물론 현봉학은 이런 말은 통역하지 않았다. 예나 지금이나 통역은 양쪽의 의견을 적당히 완화해서 전해 주는 기술이 있어야 한다. 알몬드 소장도 괴로움이 컸다.

"아니, 이 사람들 왜 이렇게 필사적이야. 지금까지 여기서 잘 살아오지 않았는가. 꼭 남쪽으로 가야만 하는 이유가 도대체 무엇이란 말인가?"

"이 사람들은 해방 후 5년 동안 공산당 밑에서 고생을 많이 했습니다. 그리고 국군이 들어온다고 반가워서 환영하던 사람들입니다. 여기에 두고 가면 모두 다 숙청당할 것입니다."

알몬드 소장의 고민이 더 깊어졌다.

"그 사람들은 목숨을 걸고 우리를 도와주었습니다."

"배에 얼마나 실을 수 있겠나?"

드디어 알몬드 소장이 포니 대령을 보고 물었다.

"짐을 버리는 만큼 많이 실을 수 있습니다. 요령껏 실으면 상당한 수를 태울 수 있습니다."

알몬드 소장은 깊은 시름에 잠겼다. 잠시 동안 침묵이 흘렀다. 그는 아무 말 없이 자리를 떠났다. 그 사이에도 군인들을 철수시키는 작업은 계속되고 있었다. 12월 16일부터 철수가 시작되었는데 아직 민간인을 철수시키는 안건은 결정을 하지 못한 채 남아있었다. 군인을 철수시키는 일만 해도 버거운 상황이었다. 알몬드 소장은 L-19기를 타고 흥남부두 위를 순회했다. 그는 부두에 개미떼처럼 바글거리는 피난민을 내려다보며 연민에 빠졌다.

어떤 사람들은 배를 얻어 타려고 살을 에는 추위에도 아랑곳없이 허리까지 차오르는 찬 바닷물에 들어가 있었다. 항구에 정박한 배를 향해 차디찬 바닷물을 헤치고 걸어가는 그 참혹함에 눈물이 핑 돌았다. 드디어 알몬드 소장은 무전기를 들어 다른 비행기에 타고 있던 헤이그 대위에게 말했다.

"이 사람들을 두고 갈 수 없다. 모두 구출해야 한다."

드디어 12월 19일에야 피난민들의 철수가 결정되었다. 배는 부족하고 시간은 촉박한 가운데 알몬드 소장이 어려운 결정을 내린 것이다. 그 사이에 여기저기서 수소문한 배들이 흥남부두에 집결되었다. 1천 명이 정원인 배에 5천 명을 태우는 일은 예사였다. 사람들은 포개 앉았고 사정이 여의치 않을 때는 입추의 여지없이 빽빽하게 서야 했다. 사람의 입김과 체온, 그리고 화장실에 갈 수 없기 때문에 그 자리에 선 채로 용변을 지리는 통에 악취가 진동했고, 흔들리는 배 때문에 멀미까지 나서 배 안은 인간지옥이 되었다. 그래도 배에 탄 것만으로 감사해서 어느 누구도 불평하지 않았다. 어떤 사람은 배에 오르다가 바다에 빠져서 사망했고 마지막 순간에 문에 손이 끼어 희생당한 사람도 있었다. 그물 사다리를 타고 오르다가 바다에 빠진 사람 등 그 사연을 이루다 말할 수 없다.

갑판에 선 사람들은 인간 띠를 만들어 추위를 이겼다. 될 수 있는 한 서로 꼭 붙어 서서 마치 남극의 펭귄들이 혹독한 추위를 이겨내듯 서로의 체온을 나누고 서로를 끌어안으며 눈물겨운 동포애를 발휘했다. 어머니는 아기를 품에 꼭 안았고 아버지는 아이를 가슴에 넣고 자신의 등으로 추위를 막고 있었다. 그 모습을 보고 있는 선원들의 눈에 눈물이 고였다. 도대체 왜 인간은 서로 싸우면서 서로에게 고통을 가하는 것일까? 화장실에 가지 못하고 밥은 물론이고 물도 마시지 못한 채 30여 시간을 서서 견뎌내는 생명력이 눈물겨웠다.

193척이나 되는 배들이 동원된 흥남철수 작전의 대미는 메러디스 빅토리호가 장식하게 된다. 메러디스 빅토리호는 원래 화물선이었다. 도쿄에서 항공유를 싣고 함흥으로 가는 도중에 함흥철수가 결정되었다는 말을 듣고 부산에다 항공유를 하역하게 되었다. 그리고 함흥으로 오라는 전갈을 받고 12월 20일 저녁 함흥항으로 들어왔다. 7천 6백 톤이나 되는 배였지만 화물선이었기 때문에 사람이 탈 수 있는 정원은 60명에 불과했다. 이미 사관이 12명, 승무원이 35명이나 타고 있었기 때문에 13명을 위한 여유 공간이 있을 뿐이었다. 민간인 철수가 결정되자 모든 배들이 함흥으로 향하고 있었다. 빅토리호 역시 하역 작업을 하다가 급히 오느라고 미처 내리지 못한 항공유 300톤도 그대로 실은 채였다.

당시 흥남부두 근처에는 인민군들이 기뢰를 많이 설치해놓았

민간인의 흥남철수

메러디스 빅토리호에 탄 피난민들

기 때문에 항구에 접근하는 것도 상당히 위험하고 조심스러웠다. 상선이기 때문에 사람들이 먹고 마실 물이나 식량도 전혀 없었고 구명조끼나 보트도 없었다. 더구나 기뢰를 피해 갈 수 있는 기뢰탐지장치도 없었고 배에 있는 무선시설도 작동할 수 없었다.

메러디스 빅토리호의 라루 선장은 흥남부두에 도착하면서 쌍안경으로 부두를 둘러보았다. 남루한 보따리를 이고 진 많은 사람들이 부두에서 서성이고 있었다. 배를 타기 위해 바닷물을 헤치고 다가오는 사람들도 보였다. 그 뒤로 중국군이 흥남에 접근하지 못하도록, 시간을 벌려는 목적으로 폭격을 하고 있는 아비규환의 현장이 벌어지고 있었다. 흥남부두에 닻을 내리자 미군 제10군단 존 차일스 대령이 올라왔다.

"당신들은 군인이 아니니까 내가 명령을 할 수는 없습니다. 그러니 선장이 의논해서 몇 명을 태울 것인가 말해주시오."

라루 선장은 눈앞에 벌어지고 있는 일이 현실인지 꿈을 꾸는 것인지 정신이 아득했다. 호출을 받고 오긴 했지만 눈앞에는 상상도 못한 일이 벌어지고 있었다. 살기 위해 바둥거리는 피난민들을 어떻게 그냥 두고 갈 수 있는가.

"우리는 몇 명을 태울지 알 수 없어요. 최대한 태울 수 있는 대로 태우겠습니다."

라루 선장은 누구와 의논할 것도 없이 배를 부두에 댔다. 선원들은 우선 화물부터 내려놓았다. 300톤의 항공유를 내려놓고 배에 있던 화물을 전부 바다에 던졌다. 배를 항만에 유도하고 선적하는 전문가인 포니 대령은 이 모든 일에 세심하게 신경을 썼다.

"만 명이 되거든 나에게 보고하시오."

라루 선장은 그렇게 지시를 하고 자신은 선장실에 들어가서 무릎을 꿇었다.

"오, 하나님! 어쩌시렵니까? 이 많은 목숨을 어떻게 하시겠습니까. 만 명의 생명이 무사히 빠져나갈 수 있도록 도와주십시오."

사람을 너무 많이 태운 상륙정이 갯벌에 박혀서 옴쭉 달싹도 하지 못하는 광경이 눈앞에 어른거렸다. 가는 도중에 풍랑이라도 만난다면, 항만 근처에서 기뢰에 걸리기라도 한다면, 기껏 힘들게 구한 목숨을 바다에다 수장시키면 어찌할 것인가. 이 배를 책임 진 선장으로서 어깨가 무거웠다.

"하나님, 이 사람들을 구해주십시오. 대신 무엇이든지 하겠습니다."

라루 선장의 이마에는 진땀이 배어 나왔다. 36년의 삶 가운데 가장 긴박하고 어려운 순간이었다.

12월 22일, 밤 9시부터 시작된 승선은 다음날 11시까지 쉬지 않고 계속되었다. 피난민들을 태우는 것이 아니라 화물칸에 차곡차곡 쌓았다고 하는 편이 옳을 것이다. 더 이상 실을 수 없도록 사람으로 가득찬 배가 출항을 해야 하는데 피난민들이 계속 달려들었기 때문에 공포를 쏘는 일까지 발생했다. 장진호 전선에서 퇴각해온 해병 1사단의 후미를 따라온 피난민들도 수천 명이 넘었다. 아직 20대 초반인 일등항해사 로버트 러니 역시 극도의 긴장과 흥분 속에서 새로운 경험을 하게 되었고 다른 선원들 역시 너무나 긴장해서 밥 먹는 일도 잊을 정도였다. 벨 스미스 기관사도 항해하는 도중 손에 땀을 쥐었다고 했다. 살려고 온 힘을 다하는 사람들과 살리려고 애쓰는 선원들이 한 배에 운명을 맡긴 채 항해를 시작했다.

당초 계획한 만 명보다 사천 명이 늘어서 만사천 명이나 되는 엄청난 인원이 배에 올랐다. 한 명이라도 더 태우기 위해 버릴 수 있는 모든 것을 버려야 했다. 피난민들 역시 자신들이 가지고 있던 짐들을 바다에 던져 넣었다. 필요한 물건보다는 한 생명이라도 더 살리고자 하는 피난민들의 마음에 눈물이 났다. 만사천 명! 배가 묵직했다. 이대로 아무 탈 없이 갈 수 있을까. 한 배를 탄 같은 운명이라는 말이 실감났다. 살아도 같이 살고, 죽어도 같이 죽는 것이다. 모두 한 마음으로 각자 믿는 신에게 기도를 했다. 무사히 항해할 수 있도록 도와주세요.

라루 선장은 두 주먹을 꼭 쥐었다. '죽으면 죽으리라.' 만일 배가 침몰한다면 그 책임은 너무 많은 사람을 싣게 한 본인에게 있을 것이다. 하지만 어떻게 이 사람들을 떼어 놓고 갈 수 있을까. 항구에 나왔던 노인들 중에는 자진해서 배 타는 것을 포기한 사람들도 있었다. 자식과 손자를 떠나보내고 곧 만나기를 기약하면서 눈물로 이별을 했다. 드디어 배의 문이 닫혔다. 12월 23일, 배는 이제 항구에서 점점 멀어져 가고 있었다. 먹지도 못하고 마시지도 못하고 선 채로 그들은 이틀이 걸린 항해 끝에 거제도 장승포항에 무사히 도착할 수 있었다.

라루 선장은 아마 지옥이 있다면 이와 비슷한 모습일 것이라고 생각했다. 아비규환의 수라장이 바로 이런 모습일 터였다. 하지만 그 와중에도 새 생명이 태어나서 작은 위로가 되었다. 절망 속에서도 꽃이 피어나는 것처럼 새 생명들의 탄생은 새로운 희망의 약속 같았다. 성탄절에 아기 예수가 말 구유에서 탄생했듯이 다섯 명의 아기들이 피난하는 배에서 태어났다. 승무원들은 자신들의 숙소에 산모들을 누이고 아기들에게 김치라는 이름을 붙여주었다. 한국인이 가장 좋아하는 김치, 가장 필요로 하는 김치, 우선 그렇게 이름을 붙이기로 합의가 되었다.

김치1, 김치2, 김치3, 김치4, 김치5!

이렇게 해서 김치 파이브는 흥남철수를 증언하는 산증인이 되었다. 피난민들을 거제도 장승포항에 무사히 내려놓고 라루 선장은 무릎을 꿇었다. 감격의 눈물이 흘렀다. 무엇인지 모를 벅찬 감동, 이 큰일을 하도록 인도하고 지켜준 신의 손길을 그는 분명하게 느끼고 있었다. 칭찬하는 소리가 귓가에 울렸다.

'애썼다. 잘했다. 고맙구나. 내 백성을 구해줘서 정말 고맙다.'

당시 메러디스 빅토리호의 승무원 중 유일한 생존자인 로버트 러니 부부와 함께

포니 대령의 손자 네드 포니와 김치 파이브 이경필 씨와 함께

돌아온 배

5장

처음으로 드리는 꽃다발

1

현 박사에게서 연락이 왔다. 그동안 현 박사는 크리스마스 때마다 카드를 보내고 간단한 소식을 알려주곤 했다. 한국에서 활동하다가 다시 미국으로 돌아왔다며 아버지와 함께 워싱턴에 있는 할아버지 묘소에 참배하러 가자는 제안을 해 왔다. 할아버지 묘소에 참배하자는 말을 듣자 기분이 묘했다. 왜 나는 진작 그 생각을 못했던 것일까? 그것도 아버지와 함께, 과연 가능한 일일까? 좋은 생각임에는 틀림없지만 자손으로서 주도권을 빼앗기고 있다는 굴욕감 같은 것이 순간 엄습했다. 나는 아버지에게 이 말을 어떻게 전할까 궁리하면서 일단 알았다고 했다. 현 박사는 아버지의 연락처를 주면 자신이 직접 연락을 하겠다고 했지만 나는 내가 하겠다고 얼버무리고 말았다.

아버지께 뭐라고 말을 꺼낼까, 과연 아버지가 갑작스런 제의에 순순하게 응하실까, 아무리 생각해도 자신이 없었다. 새로운 세기가 시작된다며 전 세계가 요란했던 밀레니엄 축제의 분위기도 서서히 가라앉고 차분한 일상이 시작되고 있었다. 날씨는 화창했지만 나의 마음까지 환하진 않았다. 아버지에게 현 박사의 제안을 전달해야 한다는 중압감이 나를 무겁게 짓누르고 있었다. 전화로 이야기하는 것보다는 아버지를 찾아가서 말하는 편이 나을 것 같아서 집을 나섰다. 좀 멀긴 해도 뉴욕에서 아버지의 집까지는 운전하고 갈 수 있는 거리였다. 오늘 만큼은 혼자 가고 싶었다.

혼자서 운전을 하면 오히려 마음이 차분해진다. 누구에게도 방해받지 않는 자신만의 공간에서 음악도 듣고 이런 저런 공상에 잠기기도 한다. 때로는 슬픈 음악이 눈물샘을 자극하면 눈치 볼 것 없이 마음대로 눈물을 흘릴 수도 있고 어떤 때는 음악을 크게 틀어놓고 큰소리로 통곡하기도 한다. 그래서 나는 혼자 있고 싶을 때 차를 몰고 하이웨이를 달리곤 했다.

아버지는 식구들 없이 혼자 오는 나를 보고 뭔가 중요한 이야기를 하려는 것이라고 직감한 듯했다. 혹시 나와 아버지 사이에 무슨 거북한 일이 있는지 기억을 더듬는 것 같았다. 이런 저런 이야기로 화제를 돌리던 나는 정색을 하고 아버지를 바라보았다.

"아버지, 사실은 한국에서 온 현봉학 박사라는 분이 아버지를 만나고 싶어 해요."

일단 말을 꺼내고 보니 어이없을 정도로 쉬운 일이었다. 그렇게 고민했던 일이 아무것도 아니었나, 헛웃음이 나올 지경이었다.

"그 사람이 왜 나를 보고 싶어 하는데? 나는 알지도 못하는 사람인데."

"다른 일이 아니고, 그분이 할아버지에 대해 말씀하셨어요. 제가 한국에 갔을 때 호텔로 저를 찾아오신 분 말이에요."

"그 사람이 나한테 무엇을 기대하는지 모르겠다. 할아버지와 같이 근무했던 사람이라고 네가 전에 말했었지. 그 당시에 나는 미국에 있었고 네 할아버지는 한국에 있었는데, 내가 그 사람보다 무엇을 더 알 수 있겠니? 같이 있었던 사람이 훨씬 더 잘 알고 있을 텐데, 뭐가 부족해서 나를 만나려고 해?"

"뭘 알고 싶은 게 아니라, 알링턴 국립묘지에 있는 할아버지 묘소에 같이 갔으면 하시네요."

"그 사람이 아들이야? 동생이야? 왜 그렇게 남의 일에 열을 올리는지 정말 이상하구나."

아버지의 언성이 높아졌다.

"그게 아니라 할아버지한테 신세를 많이 져서 감사한다고, 꼭 아버지를 보고 싶다고 하시네요."

"나는 일없다. 가고 싶으면 혼자 가라고 해. 국립묘지니까 나한테 허락을 받을 것도 없다. 신세를 얼마나 졌는지 몰라도 할아

버지가 돌아가신 지 벌써 35년이 지났다. 이제 와서 뭘 어쩌자
고……."

아버지는 조금 전에 보였던 격한 감정이 미안해서인지 말꼬리
를 흐렸다. 어려울 줄 예상은 했지만 생각보다 아버지의 태도는
단호했다. 나는 얼른 화제를 바꿔서 이런 저런 이야기를 하다가
일어섰다. 크게 기대하지는 않았지만 혹시나 했던 내 마음이 오
히려 민망할 지경이었다.

2

기념일도 아닌데 네드가 온다기에 뭔가 이상하기는 했다. 그
러나 자식이 부모 집에 오는 데 특별한 이유는 필요 없으니까 아
무 일도 아닐 수 있다. 네드는 평상시처럼 쾌활하게 보였지만 말
을 선뜻 꺼내지 못하고 쭈뼛거리는 모양으로 봐서 쉬운 이야기
는 아닌 것 같았다. 얼른 되짚어 보더라도 우리 사이에 거북할 만
한 일이 생각나지 않았다. 그런데 난데없이 알링턴 국립묘지에
가자는 제안을 했다. 그것도 한국사람이 가자고 한다니 더 기가

막혔다. 아직까지 네드와 아버지 이야기를 자연스럽게 나눈 일은 없다. 그저 간간이 네드가 묻는 말에 대답을 해 주었을 뿐이다. 한국전에 참여했고, 전쟁이 끝난 후에는 아버지와 어머니가 한국에서 3년간 살다 왔다는 것, 그리고 갑작스럽게 병에 걸려 돌아가셨다는 것, 국립묘지에 안장된 것, 그것은 모든 사람이 알고 있는 사실이었으므로 새삼스러울 것이 없었다.

현봉학에 대해서는 들어본 적이 있다. 네드가 한국에 다녀오면서 내게 가져다 준 '크리스마스 카고'를 기록한 사람이다. 그는 포니 대령을 잊을 수 없는 은인이라고 했다. 아버지가 돌아가시기 전까지 아버지와 교류를 했으니 그는 분명 아버지와 친했던 사람이었을 것이다. 그 책에서 현봉학은 아버지가 피난민들을 철수시키는 데 얼마나 큰 도움을 주었는지, 한국의 해병대 고문으로서 얼마나 큰 공헌을 했는지 강조하고 있었다. 그는 고마운 사람의 자손을 찾아 감사의 마음을 전하려고 하는데, 왜 나는 못마땅한 것일까.

네드가 돌아간 후 나는 곰곰이 생각에 잠겼다. 현봉학의 제안에 내가 꼭 그렇게 반응했어야 했나, 아들에게 속 좁은 옹졸한 사람으로 비치지는 않았을까, 훌륭한 아버지를 나는 왜 이때껏 외면하고 있는 것일까. 인정하긴 싫지만 현봉학의 제의에 기분이 상했던 것은 질투 때문이 아니었나 싶다. 아들인 내가 모르는 일을 타인들이 알고 있을 때, 가족이 모르는 일을 남을 통해서 알게 될 때의 수치감 같은 것이 내 마음속 깊이 스멀거리고 있었다. 나는 아버지와 친밀한 시간을 가져 본 기억이 없는데, 그는 아버지와 좋은 시간을 가졌다고 말한다. 아버지는 내게 눈물 나게 고마운 일을 해 준 적이 없는데, 그들은 아버지를 은인이라고 칭찬한다. 그들에게 아버지는 좋은 사람이었을지 몰라도 적어도 내게는 좋은 아버지가 아니었다.

그렇다고 네드에게 그렇게까지 반응할 필요는 없었는데, 후회가 되었다. 자연스럽게 함께 묘지에 갈 수 있었다면 더 좋았겠지만 나의 솔직한 마음으로는 아직까지 내키지 않는 일이었다. 아버지의 행적이 드러날수록 내 마음은 점점 더 불편해졌다. 네드는 내 아들이니까 혹시 나를 이해한다고 해도 손자인 벤은 이 비뚤어지고 옹졸한 할아버지를 어떻게 생각할까, 내 마음도 복잡했다.

아버지, 도대체 아버지는 나에게 무엇을 바라는 건가요. 오래전에 세상을 떠나신 것만 해도 직성이 안 풀리세요. 왜 자꾸 나를 불러내는 겁니까.

3

아버지의 의사를 타진한 후에 나는 현 박사에게 전화를 걸었다. 내가 바쁜 일이 있어서 미처 아버지께 자세히 말씀드리지 못했다고 핑계를 대고 대신 아들 벤과 함께 가고 싶다고 했다. 현 박사는 아버지를 만나지 못하는 것이 못내 아쉽지만 그러자고 했다. 나는 겨우 14세가 된 아들 벤에게 정장을 입혔다. 벤이 증조할아버지를 뵈러 가는 길인 만큼 예의를 갖추고 싶었다. 우리는 정성들인 꽃다발을 가지고 현 박사를 만나서 함께 알링턴 국립묘지로 향했다. 부드러운 바람은 푸른 잔디를 건너와 뺨을 간질여 주었다.

우리는 무덤 앞에 꽃다발을 놓고 묵념을 올렸다. 그런데 누가 다녀갔는지 묘석 앞에 작은 꽃다발이 시들어 가고 있었다.

"여길 보세요. 누군가 다녀갔나 봐요."

벤이 아직 흥분이 가시지 않은 상태로 들뜬 목소리로 말했다. 벤은 말로만 듣던 증조할아버지가 해군 준장이었다는 사실에 황홀해 했다. 영화에서 보던 별을 단 군인이 자신의 증조할아버지라니. 책에서 배웠던 제2차 세계대전, 베트남전, 한국전쟁 등에 참여했다는 비문을 읽고는 감격에 겨운 표정이었다.

"포니 준장 덕에 생명을 구한 많은 사람들이 미국 땅에 와서 살고 있을 겁니다. 우리는 늘 그 은혜를 잊지 않고 있어요. 정말 고맙고 훌륭한 분입니다. 덕분에 10만 명이나 되는 많은 사람들의 생명을 구했습니다."

현봉학 박사는 인자하게 웃으며 나와 벤을 바라보았다. 팔십을 바라보는 노신사의 눈은 추억에 젖고 있었다.

"나는 아직 건강합니다. 그러나 늙은이의 건강은 믿을 수 없어요. 갑자기 어떻게 될지도 몰라요. 당신들이 포니 장군의 자손으로서 한국과 미국을 잇는 우정의 다리가 되어주면 좋겠습니다. 내가 죽은 다음에도 한국인들은 계속 당신의 할아버지를 존경하고 사랑할 것입니다. 그는 많은 사람의 은인입니다."

할아버지는 우리 생각보다 훌륭한 인물이구나. 감사와 자부심으로 가슴이 먹먹했다. 한 사람의 장수가 태어나기 위해서는 병사 백 명의 죽음이 필요하다는 이야기가 있다. 누군가 큰일을 할 때 이름 없이 빛도 없이 그를 돕고 희생하는 사람들이 없을 수 없다. 할아버지는 귀한 일을 했지만 아버지에게는 할아버지를 빼앗기고 살았던 원망이 남아 있었다. 아버지는 사랑하는 사람을 타인과 공유해야 하는 아픔을 겪었을 것이다.

'아버지, 이제 그만 노여움을 푸세요. 자식을 돌보지 못한 할아버지의 마음은 얼마나 아팠겠습니까.'

곁에 다른 사람만 없었다면 나는 큰 소리로 이렇게 외쳤을 것이다. 아버지의 귀에 가서 이 외침이 닿을 수 있도록.

4

네드를 실망스럽게 보내고 나는 워싱턴으로 갔다. 60년을 넘게 살다 보니, 세상살이가 별 게 아니었다. 일할 직장이 있으니 감사하고, 열심히 일해서 처자식과 먹고 사는 일, 다른 사람에게 원한 사지 않도록 조심해서 사는 일, 여력이 있으면 선행을 베풀며 사는 일, 그만하면 괜찮은 인생이다. 대단한 일을 하려고 남을 짓밟을 일도 없고 무엇인가 내세우려고 위선을 부릴 일도 없다. 나는 그렇게 살아왔다. 조심조심 한 발 한 발 내딛으며 운명이 숨겨놓은 크레바스에 빠지지 않으려고 신중하고 겸손하게 살았다. 야망이 없는 삶이라고 비난한다 해도 나는 소시민적인 나의 삶에 만족한다.

그런데 평화로운 내 삶을 휘저으려는 어떤 힘을 느낀다. 힘써 저항해 보지만 내 힘이 역부족인 것을 안다. 아니 휘둘려지고 싶

미국 알링턴 국립묘지

돌아온 배

다는 역설적인 소망이 있다고 하면 이상할까. 네드가 돌아간 후, 나는 어쩐지 알링턴 국립묘지에 가야 할 것 같았다. 그 이유를 명확하게 설명할 수는 없지만, 현봉학과 네드가 오기 전에 내가 먼저 참배를 해야겠다는 유치한 생각이 들었던 것이다. 스스로 유치하다고 되뇌면서도 내 발걸음은 국립묘지로 향하고 있었다.

하늘은 푸르고 신록은 우거졌다. 묘지 근처에는 그늘이 없어 태양의 열기로 얼굴이 후끈거렸지만 나는 그 상태로 묘지 앞에 한참 동안 앉아 있었다. 나에게 살과 뼈를 준 내 아버지가 여기 누워있다. 그는 분명 영웅이다. 한국의 영웅이 아니라 나의 영웅이라면 더 행복했을 거라는 상상을 하다 일어섰다. 아버지에게 처음 드리는 작은 꽃다발을 묘석 앞에 놓았다.

'육십평생 아버지께 처음으로 꽃을 드려 봅니다. 그건 내 잘못이 아니라는 걸 아버지도 아시죠? 꽃을 달아드리고 싶어도 아버지가 안 계셨잖아요. 아버지의 날에 꽃을 사 들고 가는 아이들이 무척 부러웠어요. 몇 번의 기회가 있을 때는 너무 쑥스러웠고 머리가 많이 커진 후였죠. 내 마음에 이미 아버지를 지우기로 작정한 다음이었고요.'

나는 아버지의 묘비를 가만히 만져보았다. 차가운 느낌이 아니라 따뜻하고 부드러운 돌의 질감이 손바닥에 남았다. 마치 아버지의 따뜻한 손을 잡고 있는 기분이었다.

"아버지, 내 결혼식에만 오셨더라도 이렇게 서운하지는 않았을 겁니다. 하나밖에 없는 아들이 결혼을 한다는데, 마침 한국의 해병에 중요한 일이 있다고 나중에 보자고 하셨죠. 물론 우리를 갈라놓고 있는 거리가 멀다는 것도 압니다. 그래도 한번쯤은 모든 의무보다 나를 우선으로 둘 수는 없었을까요. 일보다 자식이 중요하다는 생각을 안 하셨나요. 그래요, 당신은 훌륭한 군인입니다. 그러나 나는 아버지가 없는 사람이 되고 말았습니다."

나는 그렇게 혼자 중얼거리다 일어섰다. 내가 생전의 아버지보다 더 나이가 들고 보니 공연히 쓸쓸한 마음이 든다. 아버지도 청년시절 나의 냉랭함 때문에 상처를 입었을까. 함께 생활하는데 익숙하지 않아서 같이 있는 시간이 불편했을까. 내가 좀 더 살갑게 대했더라면 좀 더 나은 관계가 되었을지 모른다. 그땐 철이 없었다. 이제 돌이켜보니 내가 아버지에게 냉담했던 것은 아버지에게 투정을 부리고 싶어서였다. 어린아이처럼 심술을 부려서 지난날의 부족한 사랑을 보충하려는 심사였다.

아버지, 나 좀 보세요. 이제는 모든 일을 내려놓고 나를 봐주세요.

건강하던 아버지가 그렇게 빨리 가 버릴 줄 알았다면 애초에 심술을 부리지 않았을 것이다. 아버지를 용서하지 못하는 것은 결국 나를 용서할 수 없다는 의미였다. 왜 그렇게 못나게 굴었을까, 왜 내가 먼저 다가가지 못하고 아버지가 다가오기를 원하면서 세월을 허송했을까. 왜 야속한 운명은 아버지를 그렇게 빨리 데려가 버린 것일까. 아버지의 죽음 때문에 나는 어리석고 치졸한 줄다리기에서 화들짝 정신이 들었다. 도대체 무엇을 하고 있었단 말인가. 마지막 순간까지 나는 왜 사랑한다는 말을 하지 못했던 것일까. 아버지를 편하게 보내드릴 기회를 놓쳐버린 나는 아직도 아버지를 묘지에 내려놓지 못한 채 마음속 깊이 묻어두고 있다.

말이 없어도, 알 수 있는

1

현 박사와 함께 알링턴 국립묘지에 다녀온 후에 나에게도 약
간의 변화가 생겼다. 뉴저지에 있는 크리스천스쿨의 교장으로
일하게 된 것이다. 따라서 뉴저지에 사는 현 박사 가족과 자연스
럽게 교류가 이어졌다. 현봉학 박사는 의사로 은퇴했지만 여기
저기 하는 일이 많아서 여전히 바쁜 생활을 하고 있었다. 그러나
그는 크리스마스나 부활절 휴가 때는 꼭 자신의 집으로 우리 가
족을 초대해주었다. 진정으로 할아버지에 대해 감사하고 있다는
것이 가슴으로 전해져 왔다. 현 박사는 피난민을 무사히 철수시
키는 데 성공하자 감격에 겨워 아무 말도 할 수 없었다고 회고했
다. 너무 감사해서 말문이 막힌 채 할아버지를 바라보기만 했고,

할아버지 또한 그의 표정만 보고도 그의 마음을 알 수 있다고 대답했다고 한다. 그 두 분은 말하지 않아도 이심전심으로 통할 정도로 신뢰하는 사이였다. 현 박사는 내게 할아버지의 편지를 보여주었다. 1951년 1월 24일의 소인이 찍혀있었다. 그렇다면 흥남철수작전이 성공한 후 한 달 만에 쓰신 편지다. 당시 할아버지는 작전이 끝난 후 미국 샌디에고 해병대 기지로 돌아가 상륙작전의 전문가로서 해병대의 훈련을 담당하고 있었다. 한 번도 보지 못한 전설속의 인물인 할아버지의 편지를 받아드는 내 손이 가늘게 떨렸다. 내가 태어나기도 전에 쓴 편지를 반세기가 지나서 읽게 되다니, 목울대가 먹먹해졌다.

'내가 한국을 떠나온 후 자네와 나는 서로를 생각하고 있었던 것 같네……. 흥남철수 작전의 성공을 치하해 줘서 고맙네. 나도 그 작전을 자랑스럽게 생각하고 있네. 그 작전이 역사에서 사라진다 해도 그때 그곳에서 최선을 다했다는 사실에 긍지를 느끼고 있다네. 십만 명의 피난민을 무사히 구출했다는 소식을 들었을 때 자네가 나를 바라보던 그 표정을 나는 영원히 잊을 수 없을 거야. 그 표정만으로 나는 감사의 뜻을 충분히 알 수 있었다네. 후에 자네의 고향에도 함께 가고, 해금강으로 피서 갈 날도 오겠지.'

내가 포니 대령의 손자라는 것이 알려진 후에 한국전쟁 기념

일이 되면 간간이 한국의 방송국에서 나를 찾아와서 인터뷰 신청을 했다. 때로는 알링턴 국립묘지에 동행하기도 하고, '한국의 은인, 에드워드 포니 대령의 손자'라는 제목으로 기사가 나가기도 했다. 아버지가 인터뷰를 극구 사양했기 때문에 대신 나에게 몰려온 것이다. 아버지는 아직도 할아버지와 화해하지 못하는 것인지, 한국에서 오는 모든 초청을 사양하고 있었다. 그 사이에 나는 사우스캐롤라이나 찰스턴에 있는 해양박물관의 교육부장이 되었다.

2005년, 나는 한국의 흥남철수기념비 제막 행사에 초청을 받았다. 한국에서는 아버지를 초청하려고 하다가 여의치 않자 아버지 대신 나를 초청한 것 같았다. 이왕이면 포니 대령의 아들이라고 해야 시선을 끌 수 있는데, 아버지가 냉담한 반응을 보이자 대신 나를 부르는 일이 많았다. 나는 아들 벤을 데리고 가기로 작정했다. 벤에게도 증조할아버지의 흔적을 보여주고 싶었다. 현봉학 박사도 함께 초청되었는데, 그는 아버지가 초청을 받아들이기를 간절히 바라고 있었다. 아버지는 사양한다는 의사를 밝혔지만 그래도 어조는 이전보다 상당히 누그러져 있었다.

"내가 오래 전부터 계획했던 여행이 있어서 고맙지만 갈 수 없다. 친구들과 여럿이 한 약속이라서 변경할 수가 없어."

나는 내 귀를 의심했다. 아버지가 분명히 고맙다는 표현을 한 것이다. 냉소적으로 인터뷰를 사양하던 이전의 모습과는 사뭇 다른 분위기였다. 아버지 마음의 빗장이 헐거워진 것일까, 별다른 말씀은 없었다.

　초행은 아니었지만 한국은 칠 년 전에 왔을 때와는 놀랍게 달라져 있었다. 그 사이 인천공항이 개항되었고 서울로 들어가는 길목이 매우 혁신적으로 바뀌어 있었다. 날로 성장하는 대한민국의 새로운 힘이 느껴져 왔다. 팔십이 넘은 현봉학 박사는 노구에도 불구하고 장시간의 비행을 잘 견디셨다. 당시 흥남철수의 주인공인 알몬드 소장의 손자와 함께 간 백발의 로버트 러니 기관장도 감개무량한 모습이었다.
　"여기가 우리가 인천상륙작전을 했던 그 인천인가요?"
　"맞아요. 여기가 그 인천입니다."
　"하긴, 45년 만이군요. 그 세월이면 강산이 몇 번이나 바뀔 만하죠."
　"상전벽해라는 말이 있는데 여기는 갯벌이 변해서 공항이 되었네요. 하하."
　현 박사는 호탕하게 웃었다.
　"고향이라는 게 뭔지, 고향에 간다니까 힘을 냈습니다. 앞으로 또 올 수 있을지 알 수 없어요. 포니 대령하고 백두산에 가기로 약속했었는데……."
　현 박사는 쓸쓸하게 하늘을 바라보다. 잠시 전까지 호탕했던 그의 웃음은 공허한 미소로 바뀌어 있었다.

우리 일행은 서울에 도착해서 호텔에 짐을 풀었다. 가는 곳마다 우리를 반기는 환영식이 있었고 취재하는 기자들이 경쟁적으로 플래시를 터트렸다. 아무것도 한 일이 없는데 할아버지 덕분에 극진한 대접을 받으니 민망하기도 하고 자랑스럽기도 했다. 특히 벤은 알링턴 국립묘지 참배 이후로 증조할아버지에 대해 자부심이 대단했다. 어쨌거나 나는 자랑스럽고 행복했다.

2

네드가 조심스럽게 한국에서 나를 초청하고 싶다는 의사를 전했다. 흥남철수 기념비와 기념공원을 만들었는데 그 제막식 행사에 나를 초청하고 싶다는 거였다. 흥남철수의 주역 중의 한 사람인 포니 대령의 아들로서 나를 초청하고 싶은 한국의 입장은 이해가 갔다. 세상에 안 계신 아버지 대신 아들에게라도 보은의 표시를 하고 싶은 거겠지. 그러나 그 제안을 받아들이기에 껄끄러운 무엇이 내 안에 남아있었다. 과연 내가 그러한 제안을 받을 자격이 있나. 아내는 이번에 한국에 가서 아버지의 흔적을 찾아보는 것도 나쁘지 않을 것 같다고 조심스럽게 말했다. 아내는 우리가 더 나이 먹기 전에, 다시 말해 장거리 여행이 가능한 때에 한국에 한번 다녀오자는 거였다.

글쎄, 한국 여행을 한 번도 생각해보지 않았다. 그러나 한국 여행을 화두로 삼고 보니 내 생애 언젠가 한국을 방문하게 될 것 같은 야릇한 예감이 들었다. 하지만 아직은 마음의 준비가 되지 않아서 네드에게 다른 계획이 있다고 말했다. 네드는 그렇다면 자기가 대신 가겠다며 손자 벤을 동행하겠다고 했다. 핑계가 아니라 사실 여름휴가 때에 친구들과 함께 카리브해로 크루즈 여행 계획이 잡혀있었다. 날짜가 겹치지 않아서 한국행이 불가능한 것은 아니지만 이 나이에 연거푸 여행을 한다는 것도 상당히 부담이 되었다.

하지만 네드가 벤과 함께 한국에 간다는 말을 들었을 때 약간 허전한 마음이 들었다. 그 아이들과 함께 간다면 좋을 텐데, 아주 잠깐 그런 생각도 했다. 그러나 아내와 결혼 40주년 기념으로 카리브해로 크루즈 여행을 하기로 이미 계획이 잡혀 있었다. 크루즈 여행지로 카리브해를 택한 것은 물론 거리가 가깝다는 이유가 있지만 그곳에 가보고 싶다는 막연한 생각이 있었다. 문득 그곳이 아버지가 참전했던 솔로몬 제도의 부겐빌 전투가 벌어졌던 언저리가 아닌가 하는 생각이 나의 잠재의식을 지배하고 있었음을 시인한다. 나도 모르게 아버지의 흔적을 찾고 있는 나는 스스로 모순된 존재라고 할 수 밖에 없다.

하늘은 푸르고 바다는 아름다웠다. 아름답다는 말로는 표현할 수 없는 청량감, 맑고도 짙은 푸른 바다, 마음이 바다만큼 넓어지고 머리가 맑아지는 느낌! 영혼 깊이까지 푸르게 물드는 것 같았다. 나는 식당 창가에 자리를 잡았다. 먹을 것은 풍족하게 쌓여있었고 여유로운 사람들은 평화로워 보였다. 평온한 바다 위에서 눈을 크게 뜨고, 마음을 활짝 열고, 마음껏 먹고 마시니, 지상 낙원이 이런 곳인가 싶었다. 여러 나라 사람들이 서로 인사를 나누고 인종과 국적에 상관없이 눈을 마주치면 미소를 보냈다.

옆 테이블에 동양 사람들의 무리가 있었다. 크루즈 여행을 하는 사람들답게 나이가 지긋해보였다. 그들은 즐거운 표정으로 웃으며 이야기하고 있었다. 중국인, 일본인, 아니면 한국인일 것이다.

"혹시 한국에서 오셨습니까?"

어느 나라 사람이냐고 묻는다는 것이 나도 모르게 그렇게 말하고 말았다.

"예, 한국사람입니다."

일행 중 한 남자가 유창한 영어로 대답했고 공손하게 미소를 지어 보였다.

"당신들은 도대체 은혜를 모르는 사람들이요? 왜 맥아더 장군

동상을 철거하려고 한단 말입니까?"

나도 모르게 분노 같은 것이 폭발하고 말았다. 얼마 전 뉴스에서 한국사람들이 맥아더 동상을 철거하라고 시위하는 장면을 본적이 있다. 미국 내 언론들도 그 사건을 크게 보도했고 많은 미국인들이 분노한 일이었다.

"그건 극히 일부 사람들의 의견입니다. 한국 국민들 대다수는 동상 철거에 반대하고 있고 6 · 25전쟁 때에 미국이 도와준 은혜를 잊지 않고 있습니다."

그는 당황해서 얼버무렸고 일행들도 갑작스런 분위기의 돌변에 황당한 표정을 지었다. 내가 왜 이 사람들에게 화를 내고 있는 것인지, 순간 겸연쩍었지만 이미 쏟아낸 말을 주워 담을 수는 없었다.

"내 아버지는 한국전쟁에 참전했던 에드워드 포니 대령입니다. 흥남철수 때 10만 명이나 되는 피난민들을 성공적으로 피난시키셨죠. 정말 위험을 무릅쓰고 한 일이 아닙니까? 또 장진호전투에서 얼마나 많은 미국 군인들이 죽었는지 잊으시면 안 됩니다. 그들의 희생이 오늘의 한국이 발전하는 밑거름이 되었다는 것을 기억해주시기 바랍니다."

왜 내가 낯모르는 한국인들 앞에서 에드워드 포니 대령의 아들이라고 밝혔는지 아무리 생각해도 모를 일이었다. 나는 지금까지 한 번도 아버지의 이름을 거론해 본 적이 없는데, 내가 왜 이러는 것인지 알 수가 없다. 어차피 일회적인 만남이고 피차에 곧 잊힐 사이라서 의식의 경계가 느슨해진 것이 아닐까.

3

서울과 경주 그리고 제주도 관광이 포함되어 있었지만 가장 중요한 행사는 거제도에서 열리는 흥남철수 기념비 제막식에 참석하는 것이다. 우리는 부산을 거쳐 말로만 듣던 거제도로 향했다. 당시 피난민들은 흥남에서 거제도까지 선 채로 왔다고 했다. 먹고 마시기는커녕 앉지도 못한 채 오직 살겠다는 의지 하나로 서로를 지탱하면서. 마침 한국에는 광복 60주년을 맞아 여러 행사가 준비되고 있었다.

현봉학 박사와 알몬드 장군의 손자 그리고 로버트 러니 기관사 그리고 포니 대령의 후손으로 내가 앞줄에 자리잡았다. 당시 가장 많은 피난민 만사천 명을 태워 기네스북에 오른 메러디스 빅토리호의 레너드 라루Leonard P. Larue 선장은 그 일이 있은 후에 커다란 심경에 변화가 있었고 생의 전환점을 맞이하게 되었다.

마지막 피난 배였던 메러디스 빅토리호, 마지막이기에 한 명이라도 더 싣기 위해 모든 것을 버려야 했던, 그야말로 생명을 위해 물건을 아낌없이 바다에 던져 넣었던 선장과 선원들, 그리고 피난민들. 기뢰가 매설된 바다를 헤치고 안전하게 거제도 장승포 항구까지 수많은 사람들을 데려왔던 메러디스 빅토리호의 영웅들이 아직 살아있었다.

레너드 라루 선장은 무사히 피난민들을 내려놓은 후 절절한 감격의 눈물을 흘렸다.

'배가 가라앉을 지경으로 사람들을 많이 태웠습니다. 만 명을 태우는 일도 커다란 모험이었는데 만사천 명이나 탔습니다. 나는 이 많은 생명들이 이 배와 운명을 같이 한다는 것에 너무 긴장이 되었습니다. 기뢰가 깔려있는 인근 바다를 무사히 빠져 나와야 할 뿐 아니라 풍랑이 불어서도 안 되는 상황이었습니다. 배가 흔들리면 이 많은 사람들은 아무런 대책 없이 수장될 수밖에 없었습니다. 아! 하나님, 도와주세요. 이 일을 감당하기에는 저는 부족합니다. 아니 너무나 두렵습니다.'

'그 때 나는 조정키를 꼭 잡고 있었는데 내 손 위에 다른 손이 있는 것을 분명히 느낄 수 있었습니다. 남들은 뭐라고 하든 나는 그 손이 하나님의 손이었다고 확신합니다. 그리고 헐벗고 굶주린 사람들 속에 함께 서 계신 예수님을 분명히 보았습니다. 한 사람의

사상자 없이 긴 항해를 마치고 오히려 새 생명까지 태어난 이 일이 기적이 아니라고 한다면 나는 더 이상 인간이 아닐 것입니다.'

라루 선장은 이 일을 겪은 후 여러 가지로 고민을 하다가 1954년에 만 40세가 되자 결단을 하고 베네딕트 수도회의 바오르 수도원으로 들어갔다. 그는 마리너스라는 수도사로 제2의 다른 인생을 살다가 87세의 일기로 하나님 품에 안겼다고 한다. 평생 자신의 선행을 숨겨 온 마리너스 수사는 우연히 한국사람을 만나 반가운 마음에 그만 흥남철수 작전 이야기를 하다가 자신이 바로 라루 선장이었음을 밝혔다고 한다.

우리 일행은 장승포 항구를 둘러보고 흥남철수 기념공원에 도착했다. 메러디스 빅토리호를 축소한 배 조형물이 있었고 당시 피난민들이 그물 사다리를 타고 배에 오르는 모습이 재현되어 있었다. 드디어 기념비를 가리고 있던 천이 내려지고 기념비가 나타났다. 무슨 글자가 적혀 있는지 알 수 없었지만 거기에 새겨진 할아버지의 얼굴을 보는 순간 나도 모르게 눈물이 핑 돌았다.

'할아버지 감사해요. 할아버지 명예에 흠이 되지 않도록 좋은 후손이 될게요.'

벤 역시 그분이 증조할아버지라는 설명을 듣고 감격에 겨운

마리너스 수도사가 된 라루 선장

거제도 흥남철수 기념공원의 메러디스 빅토리호 조형물

흥남철수 기념비에 새겨진 인물들
(알몬드, 포니, 현봉학 등)

표정이었다. 당시 23세의 일등항해사였던 백발의 러니 변호사에게 향군대휘장이 수여되었다. 향군대휘장이란 대한민국재향군인회 정관 표창규정에 따라 국가 안보와 향군 발전에 기여한 공이 현저한 외부인사에게 수여하는 향군 최고의 명예휘장이라고 한다. 현 박사와 그는 당시 작전에 참여했던 인물들 중 유일한 미국인 생존자였다. 알몬드 장군의 손자 역시 감동에 젖어 눈을 감고 있었다. 우리는 위대한 조상을 둔 후손으로, 할아버지 대신 감사와 찬사를 받고 있었다.

여러 인사들이 나와서 축사를 했고 흥남철수의 작전의 성공, 그 아름다운 기적에 대한 끝없는 찬사가 이어졌다. 그리고 메러디스 배에서 태어났다는 김치 파이브 중 한 사람이 나왔다. 그는 메러디스 빅토리호에서 태어난 5명의 김치들 중 하나라고 자신을 소개했다. 그는 생명의 은인이라면서 우리가 앉은 좌석을 향해 고개를 숙였다. 그는 그 날 이후로 장승포를 제2의 고향으로 삼아 그곳에서 줄곧 살고 있다고 했다. 1950년 12월 25일생, 수의사인 그는 흥남철수의 살아있는 증인이었다. 다른 피난민들처럼 그의 가족들도 억척스럽게 일하며 살기 위해 노력했다. 당시 거제도 인구보다 더 많은 피난민들이 갑작스럽게 몰아닥치자 거제도 주민들도 당황스럽기는 마찬가지였다고 한다.

전쟁을 치르고 있는 백성이 여유가 있을 리 없지만 거제도 사람들은 거지꼴로 배에서 내린 사람들을 힘써 도왔다. 갈 곳 없는 그들에게 방을 내주고 주먹밥을 만들어주었다. 움막을 짓도록 땅을 빌려주었고 우물물을 나누어 쓰기로 했다. 너무 많은 피난민들을 다 수용할 수가 없어서 많은 사람들은 다시 봇짐을 싸서 인근 부산으로 떠나기도 했다. 배에서 짐을 다 던져버린 사람들이 태반이었으므로 옷가지 하나도 변변한 것이 없었다. 이제 막 태어난 김치 파이브, 이경필 아기 때문에 그의 가족은 다른 곳으로 움직일 수 없었다. 그러나 전쟁 중에 아기를 낳았다고 미역국을 끓여다 주는 사람, 한줌의 쌀을 몰래 놓고 가는 사람 등, 아기를 낳은 덕분에 오히려 굶지 않을 수 있었다. 콩 한 톨도 나눠 먹는다는 인심이 바로 그곳에 있었다.

한 가족이 헤어지지 않고 함께 있는 것만으로도 다행이었다. 가족 단위로 승선한 것이 아니라 닥치는 대로 배를 탔기 때문에 피난민 사이에서는 가족을 찾느라 아우성이었다. 끝내 찾지 못한 사람은 통곡을 했고 실낱같은 희망을 품고 부산 피난민들 사이로 가족을 찾으러 떠나곤 했다. 이산가족들은 혹시나 식구들이 다른 배를 탔을까 해서 마지막 배가 도착할 때까지 항구에서 떠나지 못하고 있었다. 잠시 동안 이별인 줄 알았는데 이별의 시간이 기약 없이 흘러갔다.

이경필의 아버지는 아예 장승포에 안착하기로 했다. 흥남으로 돌아가지 못할 바에야 장승포를 제2의 고향으로 여기며 눌러 살기로 결심했다. 그는 평화상회를 시작으로 평화사진관 등을 운영하면서 장승포에서 자리를 잡았다. 잠시 피난 나온 길이 가족들과 영영 이별이 될 줄 그 누가 알았을까. 그는 무슨 사업을 하든 상호명을 반드시 '평화'라고 붙였다. 돌이켜보면 가장 소중한 것은 평화라는 확신에서 그렇게 했다고 한다.

할아버지가 있을 때 배에서 태어났다는 아기가 55세가 되었으니 정말 오래된 이야기이지만 거제도에선 아직도 진행 중인 이야기다. 한국에는 여전히 이산가족이 남아있고 매년 명절이면 이산가족 상봉을 위해 정부가 나서고 있다고 했다. 시간이 지날수록 이산을 경험한 사람들이 세상을 떠나고 있으니, 앞으로 얼마나 이 행사가 진행될지 모르겠다고 현 박사는 침통하게 말했다.

4

네드는 잘 돌아왔다. 하지만 이번 한국행에서 그는 완전히 다른 사람으로 변한 것 같았다. 가시떨기나무 불꽃에서 신을 만난 모세의 얼굴이 변한 것처럼 무엇이라고 꼬집어 말할 수는 없지만 네드는 확실하게 변해 있었다. 그 애와 나 사이에 골이 더 깊어지는 것은 아닌지 은근히 걱정이 되었다. 그래서 네드가 나와 현 박사를 자신의 집에 초청하겠다고 했을 때 나는 더는 거절하지 못했다. 아버지를 잃은 것도 부족해 아들을 잃지 않을까 하는 두려움이 엄습해 왔다. 이번에 네드의 청을 거절하면 안 될 것 같은 예감이 나를 지배했다. 사실 내가 현 박사에게 신세 진 일도 없는데 그를 피해야 할 이유가 전혀 없었다. 오히려 나에게 감사해야 할 사람은 현 박사가 아닌가. 아버지를 그들에게 빼앗기고 산 것이나 다름없는데, 내가 그 앞에서 당당하지 못할 이유가 없었다. 그러나 나로서는 상당히 많이 양보한 셈이다. 아버지와 관련된 모든 것을 피해서 아버지의 그림자와 상관없이 살고 싶은데, 그래서 그동안 수많은 인터뷰 요청을 한마디로 거절했는데, 나도 나이가 들었는지 솔직히 말하면 현 박사를 만나보고 싶은 마음이 들었다.

아버지와 관련된 인물을 만나는 것은 이번이 처음이다. 현 박사는 나보다 열여섯 살이나 위였는데 그는 긍정적이고 쾌활한 사람으로 보였다. 게다가 그는 끊임없이 앞으로 나가는 사람 같았다. 의사로서도 상당히 명성이 있었고 인자하면서도 전혀 가볍게 보이지 않는 사람이었다. 네드의 집에 먼저 와 있던 그는 나를 반기며 손을 내밀었다. 주객이 전도된 것 같아서 약간 언짢았지만 내가 늦게 도착했으므로 그의 탓은 아니었다. 그의 손은 아주 단단했다.

"죽기 전에 당신을 볼 수 있어서 정말 반갑습니다."

그는 진심으로 나를 만나고 싶었다고 덧붙였다.

"저는 박사님이 그렇게 만나고 싶어 할 만큼 대단한 사람이 아닙니다."

나는 최대한 정중하게 대답했다.

"아닙니다. 당신은 포니 준장의 아들이기 때문에 대단하고 또 미안합니다. 내가 팔십이 넘고 하늘나라에 갈 때가 다가오니 가장 소중한 것이 가족입디다. 내 아들 딸과 손자들이 뉴저지에 살고 있는데, 한 시도 그들 곁을 떠나고 싶지 않아요. 하지만 누구나 감당해야 할 책임이 있는 것입니다. 당신의 아버지 포니 준장은 정말 훌륭한 일을 하셨습니다. 당시 대령님이 탑재참모로서 알몬드 소장을 설득하지 않았다면 알몬드 소장도 그런 결단을 내리기가 어려웠을 것입니다. 상황이 아주 안 좋았거든요. 사실 미군도 무사히 철수할지 미지수인데 피난민을 10만 명이나 더 얹어 데리고 온다는 게 말이 됩니까? 그렇지만 우리는 해냈어요. 가족들의 희생이 있었겠지만 의미 있는 일을 하는 사람들에게는 누구나 그런 희생이 따릅니다."

그는 네드에게 이 땅에 없는 아버지와 나 사이의 불화, 엄밀하게 말하면 나로부터의 일방적인 불화에 대해 무슨 말을 들은 것 같았다. 나는 잠자코 그의 말을 듣기로 했다.

"저도 젊은 시절에 많이 돌아다녔습니다. 일을 해야 하니 어쩔 수 없었죠. 그러면 일을 택하지 왜 결혼을 해서 가족을 만드느냐고 묻는 사람도 있을 것입니다. 하지만 그렇지 않습니다. 아무리 멀리 헤어져 있더라도 가족이 있어야 일을 할 힘을 얻습니다. 멀리에라도 가족이 있어야 이 황량한 세상에서 살아 갈 힘을 얻는 것입니다. 가족을 생각하기만 해도 힘이 나는 경우도 있습니다. 당신의 아버지도 당신의 어머니와 당신을 생각하면서 열심히 일했습니다. 포니 대령은 많은 사람들을 구했습니다. 내가 여기서 최선을 다하면 하나님이 대신 내 아내와 아들을 지켜줄 것이라고 늘 말했습니다."

나는 아무 말도 하지 않았다. 아버지에 대한 고까움이 나 혼자만의 치졸한 행동이었을까, 가만히 되뇌고 있었다.

"에드워드 포니, 당신의 아버지는 훌륭한 분입니다. 누구보다 당신을 사랑했습니다. 그러나 우리는 훌륭한 사람을 독점할 수 없어요. 여러 사람이 공유해야 합니다. 당신 아버지가 복의 근원이고 그 복을 많은 사람에게 나누어주는 사람이라고 생각해 보십시오. 그런 아버지를 둔 당신은 정말 행복한 사람입니다."

나는 고개를 끄덕였다. 이상하게도 현 박사의 말은 마치 큰형님의 충고처럼 거부감이 들지 않았다. 형제가 없는 나에게 큰 형처럼 말하고 있다는 진심이 느껴졌기 때문에 어깃장을 놓지 않고 순순히 대화에 참여했다. 그는 네드와 지난번 방문했던 흥남 철수기념관에 관해 이야기를 나누고 언젠가 나더러 한번 방문해보라고 했다. 나는 기회가 되면 그렇게 하겠다고 약속하고 말았다. 아버지를 공유해야 한다는 그의 말이 나에게 새로운 눈을 뜨게 해주었다.

헤어지기 전에 그는 아버지가 해병대 고문으로서 한국 해병을 창설하는 데 큰 공을 세웠다고 말했다. 한국에 가 있던 3년 동안 아버지가 한 일이 한국에 큰 도움이 되었다는 것이다.

"지금은 전쟁 때 한국을 도와준 것에 대해 미국인들이 자부심을 가지고 있습니다. 하지만 당시는 그렇지 않았습니다. 한국전쟁은 결국 패배한 전쟁이었거든요. 분단되어 있던 나라가 전쟁을 치르고 여전히 분단 상태로 남게 되었다는 것은 수치였죠. 삶의 터전이 파괴되고 수많은 생명의 희생을 치른 대가가 고작 38선이 휴전선으로 바뀌게 된 것밖에 없었으니까요. 미국과 연합군의 아까운 젊은이들이 많이 희생된 전쟁이었어요. 살아 돌아간 사람도 뭔가 개운치 않은, 즉 보람이 없던 전쟁이었지요."

나는 고개를 끄덕거렸다. 아버지도 그런 기분이었을까. 통일을 이루지도 못하고 분단 상태로 휴전협정에 조인을 하던 그 때, 아버지도 그 현장에 있었을 것이다. 아버지는 무슨 생각을 했을까. 전쟁의 의미와 보람을 찾으려던 많은 병사들처럼 처연한 기분이었을까. 그래서 다시 한국으로 돌아가 해병대 창설 고문으로 자신의 일을 마무리 하고 싶었던 것인지 모르겠다. 사람은 누구나 자기 스스로 납득할 만한 의미를 찾고 싶어 하는 법이니까.

"그런데 한국이 북한에 비해 월등하게 발전하게 되니까 한국인들의 자유를 위해 피를 흘렸던 일이 보람으로 다가오게 되었습니다. 참전 용사들은 그동안 한국전쟁에 참전했다는 사실을 숨긴 사람들도 있었답니다. 하지만 이제는 자랑스럽게 이야기합니다. 많은 피를 흘리며 민주주의를 수호했다는 자긍심을 가져도 되었으니까요. 그러나 그 전쟁의 후유증은 사라지지 않았어요. 제가 만난 많은 참전 용사들은 아직까지도 악몽에 시달리거나 심한 우울증을 겪고 있었습니다. 그들을 위해서라도 한국은 발전해야 했죠. 베트남전쟁에 참전한 한국 군인들도 마찬가지 심정일 것입니다. 베트남이 공산화되고 말았으니, 무엇 때문에 남의 나라 전쟁에 가서 싸웠는지 허탈할 때가 있을 것입니다. 지금 생각하면 왜 누가 누구의 적이 되었는지 알 수 없지만 하여튼 그때는 목숨을 걸고 맹목적으로 싸우지 않았습니까. 따라서 전쟁은 비극이고 이 땅에서 사라져야 합니다.”

그는 많은 한국사람들이 이산가족이 되어 아직도 부모 형제를 만날 수 없다고 했다. 자신도 고향에 가지 못하는 신세가 되었는데 최근에 미국 시민의 자격으로 고향 함흥에 갔고 살아있는 친구들도 만날 수 있었다며 허허롭게 웃었다.

“독수리 여권이 힘이 셉니다. 한국사람들 중에는 북한의 고향에 가보고 싶어서 미국으로 이민을 온 경우도 꽤 있습니다. 헤어진 가족을 만날 수 있는 방법은 그 길 밖에 없었으니까요.”

이산가족을 말할 때 그는 어금니를 사려 물었다.

7장

단 한 번의 만남에 모든 것을 걸다

1

한국은 한이 많은 나라다. 이전 역사의 한풀이는 제쳐두고라도 6 · 25전쟁만으로도 충분히 아픈 상처들이 많았다. 역사 교사로서 한국에 대해 조금씩 알아 갈수록 참 딱하다는 생각이 들었다. 특히 가족이 생이별하고 산다는 것은 참을 수 없는 일이었다. 전쟁 때 피난길에서 헤어진 가족, 잠깐 피하면 될 줄 알고 남한으로 왔던 젊은이들은 북에 두고 온 부모를 잊지 못한다. 또 어린 자식을 노부모에게 맡겨두고 잠깐 피난을 내려온 것이 부모와 자식을 영영 다시 만나지 못하는 이별이 된 경우도 적지 않았다. 부부가, 부모 자식이, 형제자매가 생이별을 한 채 가슴만 쥐어뜯는 기막힌 현실을 그 누가 알까. 그 수많은 이야기는 아마도 거제도와 부산을 오가면서 가족을 애타게 찾았을 많은 사람들의 피맺힌 사연이 되었다. 또한 아직도 북녘 땅 가까운 곳에 살면서 고향을 바라보는 것으로 만족해야 하는 수많은 실향민들의 슬픔이기도 하다.

피난민이라는 단어, 재난을 피하여 가는 백성, 피난민이 함의하고 있는 수많은 의미들이 그대로 그들의 슬픔이 되었다. 고향이 없는 사람, 이방인, 이산가족, 거기에다가 적색분자라는 의심까지 받고 보면 두고 온 고향땅과 집, 친척들이 더 그리워진다. 그렇다고 피난길이 순조로웠을 리가 없다. 폭탄이 날아와서 몸을 숙였는데 자신도 모르게 안고 있던 아기를 방패삼아 막았다는 소문, 그래서 아기는 죽고 엄마만 살았다는 믿을 수 없는 이야기에 눈물을 흘린다. 인민군을 피해 방공호에 숨어 있는데 어린 아이가 자꾸 울었다. 큰 소리로 울다가는 모두 발각되어 죽을 처지에 놓이자 사람들의 눈총을 받던 어머니가 아이의 입을 막아 질식시켰다는 이야기가 전설은 아니다. 실제로 질식당해 죽은 아이도 있지만 간신히 살아난 아기는 입이 비뚤어져서 발음이 명확하지 않다고 본인 입으로 증언하는 말도 들었다.

역사 교사로서 역사에 관한 수많은 이야기들을 들어보았지만 한국의 상황은 늘 가슴이 아프다. 그 중에서도 흥남철수와 관련된 가슴 아픈 이야기 때문에 나는 며칠 동안 잠을 이루지 못했다. 흥남부두에 나와 있던 십만 명이나 되는 피난민들은 배를 탈 수 없다는 불안감에 사로잡혔다. 그도 그럴 것이 사람을 너무 많이 실어서 갯벌에 박혀버린 상륙정의 모습을 눈앞에서 보았기 때문이다. 배의 숫자는 부족하고 피난민들은 넘쳐나고, 그래서 향해가 가능한 모든 배가 동원되었다. 통통배나 거룻배 등 닥치는 대로 바다 위에 뜰 수 있는 것이면 무엇이든 타고 남한으로 가는 상황이었다.

십여 명이 타면 적당한 거룻배에 수십 명이 몰려들어 그야말로 서서 가는 상황이었다. 추위는 고사하고 뱃전으로 물이 넘실거리는 게 바람이라도 세게 불면 배가 곧 뒤집어질 것 같았다. 할 수 없이 피난민들 몇몇은 품고 있던 보따리를 바다에 던져버렸다. 짐이 가벼워져 조금 나아지는가 싶었지만 여전히 뱃전에서 물이 찰랑거렸다. 보따리를 품고 있던 사람들은 다른 이들의 눈치가 보였는지 마지못해 보따리를 바다에 던져 넣었다. 모두 선 채로 배는 조심조심 앞으로 나아갔다. 거센 바람이 불지 않기를 바라면서 침묵 속에 항해가 이루어졌다. 그때 어떤 남자의 목소리가 침묵을 깨뜨렸다.

"저기, 저 여자, 아기를 업고 있는 저 여자 말입니다. 저 여자의 남편은 인민군입니다."

순간 살을 에는 영하의 추위보다 더한 놀라움이 모든 사람의 마음을 비수같이 찔렀다. 배안에는 무서운 긴장이 흘렀다. 포대기를 받쳐 아기를 업고 서 있던 여인이 아무 말 없이 꼼짝도 않고 고개를 숙이고 있었다. 그 누구도 더 이상 아무 말도 하지 않았다. 여인의 뺨에 눈물 한 줄기가 흘러내렸다. 추운 날씨에 곧 얼어붙을 것만 같은 눈물이었다. 여인은 뱃전에 가만히 서 있었다. 포대기 속에 든 아기는 울지도 않았다. 사위는 고요했다. 그때 갑자기 여인이 몸을 돌려 바다에 뛰어들었다. 누구도 예측하지 못한 순식간의 일이었다. 아기와 여인은 그대로 차가운 바닷물 속에 잠겨버렸다.

어느 누구도 입을 열지 않았다. 그대로 묵묵히 항해는 계속되었다. 다행히 바람이 불지 않았고 배는 무사히 목적지에 도착했다. 그러나 그 배에 탔던 사람들은 여인을 내려놓지 못해 마음이 무거웠다. 말로만 들었는데도 그 영상이 머릿속에 떠나지 않아서 며칠간 나도 무척 심란했다. 약육강식은 자연의 법칙이지만 그래도 강한 자가 약한 자를 보듬어 줄 때 인간이 동물보다 낫다는 것인데, 그 상황에서 누군가 희생해야만 한다면……, 하지만 상대방의 상처를 찔러서 굴복시킨 것이 과연 잘한 일일까. 그러나 그 덕분에 배가 전복되지 않았다면 최초에 소리를 지른 그 남자를 그 누가 매도할 수 있을까.

이런 비극적 상황을 만드는 전쟁이 정말 싫었다. 현봉학 박사가 자신의 스승이라며 소개한 존경스러운 의사 장기려 박사의 이야기도 며칠 동안 내 마음을 우울하게 했다. 장기려 박사는 현봉학 의사가 수련의 시절, 평양에 있는 기독병원의 주임교수였다. 독실한 기독교인이었던 그는 아내에게 집으로 가족들을 데리러 갈 때까지 가만히 기다리라고 했다. 부인은 짐을 꾸려놓고 아이들과 기다리고 있는데 아무리 기다려도 남편이 오지 않았다. 남들은 다 짐을 꾸려 피난길에 오르는데 언제까지 기다리고 있을 수만은 없었다. 그래서 아버지의 병원에 가보라고 작은 아들에게 심부름을 시킨다.

예상보다 일이 늦어져서 약속한 시간에 출발하지 못한 장기려 박사는 병원으로 온 둘째 아들과 함께 병원에서 내준 차를 타고 집으로 향했다. 그러나 급작스럽게 늘어난 피난민의 행렬 때문에 길이 막혀서 시간이 자꾸 지체되었다. 어렵게 집에 도착해 보니 집안은 텅 비어있었다. 전화도 없던 시절, 연락을 취할 방도가 없었다. 장기려 가족을 피난시키려던 차량은 다른 곳에 약속이 되어 있었기 때문에 시간이 촉박했다. 더 이상 기다릴 수도, 지체할 수도 없어서 그는 작은 아들과 함께 차에 오를 수밖에 없었다. 길에는 달구지며 리어카, 자동차, 사람이 엉켜서 앞으로 나아가기 힘든 상황이었다. 자동차가 경적을 울려대면서 간신히 길을 터가고 있는데, 갑자기 작은 아들이 소리를 질렀다.

"아버지, 저기 엄마 있어요."

과연 부인은 어린아이를 업고 보따리를 이고 큰 아이들의 손을 잡은 채 피난민 대열에 합류하고 있었다. 아마도 병원으로 남편과 아들을 찾아 나선 길이리라.

"아, 저 사람을 태워야 하는데……."

그는 신음했다. 간장이 타 들어가는 것 같았다.

"선생님, 죄송하지만 여기서 차를 세울 수 없습니다. 차 문을 열면 피난민들이 달려들어서 오도 가도 못하게 됩니다. 그리고 지금 시간이 많이 지체되어서 더 이상 기다릴 시간이 없습니다."

"엄마, 여기를 보세요. 엄마!"

둘째 아들은 차창을 두드리며 엄마를 애타게 불렀다. 그러나 부인은 아들이 소리를 쳐도 듣지 못하는 것 같았다. 야속할 정도로 이쪽으로는 눈길을 주지 않고 자꾸만 앞만 보며 인파에 휩쓸려가고 있었다.

'곧 다시 오겠지. 잠시만 피하고 있으면 곧 정상을 찾아 다시 돌아올 거야.'

장기려 박사는 피눈물을 삼키며 멀어져가는 부인과 아이들을 바라보았다. 그것이 지상에서 본 마지막 모습이 될 줄 그 누가 알았으랴. 마지막인 줄 알았다면 염치 불고하고 차를 세웠거나 자신이 내려서 가족과 함께 걸었을 것이다. 살아도 같이 살고, 죽어도 같이 죽는 편이 긴 세월 동안 후회의 눈물을 쏟는 편보다 나았을 것이다. 아기를 업고 남편을 찾아가는 그 모습이 뇌리에 박힌 장기려 박사는 남한에서 45년을 혼자 살았다. 모든 사람이 결혼을 권했지만 등에 아이를 업고 보따리를 머리에 인 채 아이들과 길거리를 헤매던 부인의 모습이 또렷하게 각인되어 뇌리에서 떠나지 않았다. 다행히 데리고 온 유일한 피붙이 둘째 아들이라도 곁에 있어서 적지 않게 위안이 되었다. 그는 가족들에게 못다 한 사랑을 가난하고 병든 사람들에게 쏟아부으며 성자처럼 살았다. 그들은 이 땅에서 이루지 못한 사랑의 남은 곡조를 하늘나라에서 함께 부르고 있을 것이다.

2

현 박사를 만나고 돌아오는 길에 나의 딱딱한 마음의 갑옷도 많이 닳아졌다는 것을 느꼈다. 특히 이산가족의 아픔에 대해 그가 했던 말이 뇌리를 떠나지 않고 빙빙 돌았다.

"남들은 10만 명의 민간인을 철수시킨 영웅이네, 한국의 쉰들러네 하고 나를 치켜세우지만 이산가족들을 볼 때마다 못할 짓을 한 것 아닌가, 그런 생각을 할 때가 있어요. 그들을 그냥 그대로 두었다면 가족들이 생이별하는 일은 없었을 것 아닙니까?"

현 박사가 후회할 만한 일이라면 당연히 에드워드 포니 대령이 했던 일도 잘못되었다는 뜻인가. 그렇다면 아버지는 후회할 일을 위해 모든 것을 걸었다는 말인가.

"그때는 분단이 이렇게 고착화될 줄 누가 알았겠습니까? 잠깐 공산군을 피하고 보자는 생각뿐이었겠죠. 이렇게 영원한 이별이 될 줄 알았다면, 온 가족이 죽어도 함께 죽고 살아도 함께 사는 길을 택했을 것입니다. 박사님은 그때 그 자리에서 최선을 다하신 것입니다. 물론 저의 아버지도 가장 선한 선택을 하신 것으로 믿고 있습니다."

현 박사를 위로하기 위한 말이었는데 결국 나에게 하는 말이었다. 네드는 의외라는 듯이 나를 보더니 싱긋 웃었다. 현 박사는 미국 국적을 이용해 40년 만에 북한을 방문했는데 고향에 갔을 때 감회가 깊었다고 했다. 세상을 떠난 친구들도 있었지만 함흥고보 동창들, 세브란스의전을 졸업한 동기들을 만나 쌓인 회포를 풀었다. 고향 땅을 밟아 보니 옛 추억이 떠올라 눈물을 많이 흘렸다고 말했다. 특히 흥남부두에 갔을 때는 피난민을 철수시키던 당시의 상황이 또렷이 기억나서 그 시절로 돌아간 듯한 느낌이 들었다고 했다.

마지막 피난민을 실은 메러디스 빅토리호가 12월 23일 흥남을 떠나고, 12월 24일 오후, 마지막 엄호부대와 폭파부대들이 해안을 떠나면서 흥남항은 화염에 휩싸였다. 적군의 부두 접근을 막고 중국군의 남하를 저지할 수단으로 흥남부두를 파괴하기로 결정한 것이다. 거기에는 적군에게 이용될 수 있는 흥남질소비

흥남부두를 폭파하는 모습

료공장이 있었고 포탄 팔천 개, 다이너마이트 400톤과 항공유 수백 톤 등이 남아있었다. 아예 부두를 폭파시켜 봉쇄해버림으로써 적의 접근을 막는다는 전략이었다. 이튿날 중국군이 흥남 부두까지 진출한 것을 보면 부두를 폭파한 것은 현명한 판단이었다.

그렇게 어렵게 피난을 했다고 해서 그 다음 단계의 어려움이 감해지는 것은 아니다. 넘쳐나는 피난민들을 수용할 시설은 턱없이 부족했고 먹일 식량도 준비되어 있지 않았다. 죽을 고비를 넘어 칼바람을 맞으며 남한으로 왔지만 아무도 그들을 반기지 않았다. 전쟁통에 누군들 불안하지 않은 사람이 있으랴. 그래도 인심이 아직 넉넉한 사람들이 양식을 나누어주고 누추하나마 잠자리를 내주었기에 그 많은 사람들이 추위에 얼어죽지 않고 살아날 수 있었다. 피난민들은 닥치는 대로 일을 해서 목숨을 부지했다. 그런데 생활이 조금 안정되고 숨을 돌릴 만하자 이제는 두고 온 가족들 때문에 잠을 이룰 수 없었다.

도대체 누가, 어떤 이유로 부모와 자식을 만나지 못하게 하는가, 아내와 남편의 상봉을 금지하는가, 일 년에 한 번씩이라도 왕래할 수 있다면, 생사만 확인할 수 있어도 이렇게 깊은 한이 쌓이지는 않을 것이다.

"미국에 살고 있는 한국 이민자들 중에는 미국 국적을 가지고 북한의 고향을 방문하려는 희망으로 태평양을 건너온 사람들이

상당수입니다."

현 박사는 자신의 남은 생애를 이산가족을 위해 힘쓸 것이라고 말했다.

"나는 다행히 부모형제가 다 같이 왔지만 내 주위에 있는 사람들 이야기를 들어보면, 인간이 이럴 수는 없는 것이죠."

그는 한국에서 방송되었던 이산가족찾기 방송 자료를 빌려주겠다고 했다. 그렇게까지 할 필요가 있을까 의아했지만 현 박사가 하도 권하기에 보겠다고 대답했다.

"네드에게도 도움이 될 것입니다. 개인이건 국가건 역사를 바로 알아야 제대로 이해할 수 있고 애정도 생기는 법입니다. 나는 당신 가족이 한국에 대해 지속적으로 관심을 가지고 애정을 보여주길 바랍니다. 내가 당신의 아버지와 좋은 관계를 유지했듯이 적어도 우리 두 집안 간에 우정이 계속 이어지길 바랍니다."

그의 말대로 한국과 아버지는 분리할 수 없는 것 같았다. 한국인이 흥남철수를 말할 때마다 아버지의 이름은 같이 등장하게 되어 있었다. 그렇다면 내가 아무리 눈을 감고 외면해도, 결국 아버지의 아들인 이상 한국과 관계를 맺지 않을 수 있을까. 네드는 가족의 대표로 이미 한국에 다녀왔고 손자인 벤은 지난번 한국행 이후로 한국어를 공부하고 있다는 소식을 들었다.

곁에 있을 때, 원하기만 하면 아무 때나 만날 수 있다는 가능성으로 오히려 멀게 지내는 가족들이 얼마나 많은지. 이산가족 상봉의 장면이 미국에서도 가끔 뉴스 화면을 장식하기도 했다. 세상에 유일하게 남은 분단 국가, 이제 수명이 얼마 남지 않은 노인들이 돌아가시기 전에 무엇인가 조치가 취해져야 한다고 앵커는 말하고 있었다. 매번 이산가족 상봉 신청을 했지만 아직 기회를 잡지 못한 희끗한 초로의 노인에게 앵커가 마이크를 들이댔다.

"부모님은 연세가 얼마나 되셨을까요?"

"아버님이 올해로 팔십칠 세이십니다. 어머님은 팔십오 세이시구요."

"그렇다면 북에 계신 부모님이 이미 돌아가셨을 가능성도 있지 않을까요?"

"사람이 구십 살도 안 되어 죽습네까?"

그는 갑자기 화를 내며 아주 퉁명스럽게 대꾸했다. 그 자신 가장 우려하고 있는 부모의 죽음을 거론하자 정면으로 부인하고 있었다. 또 다른 팔십이 넘은 남한의 노인 부부는 당시 시부모에게 맡겨 두고 온 갓난이 막내아들을 만날 희망으로 매일 열심히 운동하고 있다고 했다.

"언젠가 내 아들을 만나려면 건강해야 해요. 나는 백 살이 되도록 살 겁니다. 죽기 전에 그 애를 꼭 만날 것입니다."

"할아버지는 이산가족 상봉 신청하셨나요?"

앵커의 물음에 다른 노인은 고개를 저었다.

"아마 부모님은 돌아가셨을 테고, 내 동생들이 여럿 있는데 혹시 피해가 있을까봐 신청 못했습니다. 내가 인민군 포로였습니다. 거제도 포로수용소에서 남한을 선택한 것이 밝혀지면 그 애들에게 좋을 일이 없겠지요."

그의 눈에 눈물이 그렁그렁 맺혔다. 혈혈단신으로 남한에서 살아 온 그의 고단한 삶과 북에 두고 온 가족들을 그리는 마음이 절절하게 와 닿았다. 그래, 한 번의 만남을 위해 모든 것을 거는 사람들도 있구나. 그들의 눈물을 보면서 오히려 내 마음은 차분하게 가라앉았다.

3

현 박사님이 돌아가셨다는 연락이 왔다. 나이에는 장사가 없다더니 85세의 일기로 세상을 떠나셨단다. 그는 참 잘 살고 가셨다. 열심히, 뜻깊게, 신앙인으로, 애국자로, 훌륭한 의학자로, 교수로, 한 집안의 가장으로……. 장례식에는 그를 사랑하는 많은 사람들이 참석했다. 나도 천국으로 가는 길을 전송하는 마음으로 경의를 보냈다. 마치 큰형님, 아니 큰아버지가 떠난 것처럼 마음이 허전했다. 다행스러운 것은 그동안 아버지의 마음이 많이 풀렸다는 점이다. 현 박사를 만나고 나서 아버지의 태도는 눈에 띄게 부드러워졌다. 물론 모범적인 가장이고 가정적인 아버지였지만 그동안 할아버지에 대한 이야기를 먼저 꺼낸 적이 없었다. 그러나 벤과 내가 기념식에 초대받아 한국에 다녀오고 우리집에서 현 박사님을 만난 후에 아버지는 이따금 할아버지에 대한 이야기를 화제에 올리곤 했다.

특히 메러디스 빅토리호가 기네스북에 올랐다며 홈페이지를 찾아보기도 했다. 아버지의 이런 변화가 나와 벤에겐 무척 반가웠다. 비로소 우리 삼대, 아니 돌아가신 할아버지까지 우리 4대가 하나로 이어지는 느낌이었다.

그 사이에 나에게도 변화가 있었다. 패트리어트 포인트에서 교육 전반을 맡아서 기획하는 일은 내 적성에도 잘 맞았다. 또한 해양 박물관을 견학하는 학생들과 일반인들에 무엇을 알려주어야 하는지 교육 자료를 만들고 교육하는 일 또한 의미도 있고 보람도 있었다. 그 후에 마리아고등학교의 교장으로 일했던 경험이 인정을 받은 모양이었다. 할아버지의 피가 내 안에 요동을 치는지 다른 세계에 대한 탐험심 같은 것이 나를 자극했다. 마침 이집트 카이로에 있는 미국 고등학교의 교장으로 와 달라는 청이 있어서 한참 고민 끝에 수락하기로 했다. 신비롭게만 여겨졌던 고대 도시에 가면 어떤 새로운 일이 있을까, 새로운 기대로 설렜다.

그런데 한국에서 전쟁 60주년 기념 행사를 한다고 연락이 왔다. 전쟁 기념보다는 흥남철수 60주년 기념식에 꼭 와달라는 부탁이었다. 한국에서도 아버지가 거절할 줄 알고 지레 나에게 연락을 한 것이다. 하지만 이제 막 이집트로 직장을 옮긴 데다 할일도 많고 아직은 적응 기간이기 때문에 도저히 시간을 낼 수 없었다. 게다가 벤은 이미 한국에 가 있었다. 그렇다고 아들과 손자가 멀쩡하게 살아있는데 증손자인 어린 벤이 대신 기념식에 참석한다는 것도 예의가 아니었다.

증조할아버지에 대한 자부심에서였는지 벤은 한국어를 배우기 시작했다. 그러더니 대학을 졸업하자마자 한미교육위원단에 원어민 교사 신청을 해서 한국으로 갔다. 남쪽에 있는 한국 지방도시의 고등학교에서 영어를 가르친다고 했다. 나는 이집트로, 벤은 한국으로 새로운 경험의 장으로 날아갔던 것이다. 아버지의 마음이 많이 풀린 것으로 봐서 어쩌면 아버지가 한국에 가는 것도 가능할 듯 싶었다. 게다가 이제 칠십이 넘은 아버지에게 장거리 여행을 할 수 있는 마지막 기회가 될지도 모른다. 나는 한국인 담당자에게 아버지의 연락처를 가르쳐 주었다. 직접 접촉을 해서 부탁을 하면 나도 측면에서 지원하겠노라고 약속했다.

기념식은 11월 초로 예정되어 있었다. 이번에는 할아버지가 한국 해병 1사단에 큰 도움을 준 것을 기념해서 포항시의 거리에다 할아버지 이름을 따서 '포니로'라는 이름을 붙이는 명명식도 있다고 한다. 아버지 이제 그만 화해를 하세요. 나는 며칠 동안 간절한 마음으로 아버지가 한국의 초청을 수락하기를 고대했다.

"아버지, 한국에서 초청장이 왔죠? 제가 아버지 허락 없이 연락처를 가르쳐 줬어요."

아버지가 어떤 반응을 보일지 수화기를 든 손에 힘이 바짝 들어갔다.

"그래, 초청장이 왔더구나."

매우 덤덤한 반응이었다. 아버지는 감정은 내비치지 않고 오로지 사실만 이야기하고 있었다.

"아버지가 꼭 참석하셨으면 좋겠어요. 엄마도 좋아하실 것 같아요. 아버지, 한국은 먼 나라예요. 더 나이가 들면 못 가실 수도 있어요. 이번에는 꼭 가세요. 마침 벤도 한국에 있잖아요."

나는 벤이 보낸 많은 사진과 이야기 가운데 서울 동천교회를 방문했던 일을 두서없이 아버지에게 전했다. 누군가 벤이 포니 대령의 증손자라는 것을 알고 영등포에 있는 동천교회로 데리고 갔단다. 포니 대령의 증손자가 왔다는 말을 듣고 여러 할아버지들이 와서 손을 잡고 감사하다는 인사를 했다고 한다. 알고 보니 그들은 흥남에서 한 교회의 신도들이었다. 공산군 치하에서 기독교인들이 무사하지 못할 것 같아서 그들 신도 130명은 메러디스호를 타고 피난길에 올랐다. 그들은 거제도에 도착해서도 갖은 고생을 하며 모여 살았다. 고향 사람끼리 뭉쳐 사니까 장소만 바꿰었을 뿐 별로 외롭지 않았다. 함께 살다가 전쟁이 끝나면 다 같이 고향으로 돌아가기로 약속을 했다. 그렇게 몇 년이 지난 후 고향에 갈 수 없다는 판단이 서자 그들은 다 함께 부산으로 이주했다. 좀 더 넓은 곳이라야 먹을 것을 구하기가 쉽다는 생각에서였다. 그러나 부산에서도 삶이 여의치 않자 그들은 모두 함께 서울로 올라가기로 작정했다. 아무래도 넓은 바닥에 가야 일자리도 구할 수 있고 새로운 삶을 설계할 수 있을 것 같아서였다. 그들은 영등포 신길동에다 터를 잡아 교회를 세우고 집을 지어 안착했다. 그야말로 교회공동체가 형성된 것이다. 그들은 흥남 탈출의 그 날을 생생하게 기억하고 있었다. 아직 살아있는 증인들이 포니 대령의 증손자 벤을 보고 감격에 겨운 것은 당연한 일이다.

　나는 횡설수설 많은 이야기를 한 것 같다. 다행히 아버지는 화를 내지 않았고 내 말을 다 들어주었다. 확답을 한 것이 아니라 단지 생각해 보겠다는 대답을 하셨지만 이번에는 아버지가 한국에 갈 것 같은 확신이 들었다. 아버지 꼭 가세요. 가셔야 해요.

4

'우리는 당신들을 영원히 기억할 것입니다.'

한국에서 온 초청장 맨아래에 이렇게 쓰여 있었다. 막상 초청을 받고 보니 기념식에 참석해야 할 것 같았다. 흥남철수 60주년 행사, 지금 내 나이가 73세, 앞으로 70주년 기념식을 할 때면 팔십을 훌쩍 넘는다. 그 때까지 살아있을 지도 의문이고 또 살아있다 해도 장거리 여행을 할 수 있을까.

나는 생각에 잠겼다. 그러나 마음은 자꾸만 참석하는 쪽으로 기울고 있었다. 영원히 기억한다면 행사 때마다 아버지 이름이 거론될 것이고, 한국에서 몇 번이나 초청을 해도 꿈쩍도 않는 내가 무척 이상해 보일 것이다. 그러나 이것은 핑계고 사실은 한국에 가보고 싶은 마음이 슬그머니 생겨났다. 아무튼 이번에는 거절할 수 없을 것 같았다. 그래 가는 데까지 가보자.

내 결심을 듣고 아내는 무척 기뻐했다. 아내가 기뻐하는 것을 보니 잘했다는 생각이 들었다. 나는 마음이 변하기 전에 서둘러서 초청에 수락한다고 연락을 했다. 내 마음이 또 무슨 일로 흔들릴지 나 자신도 알 수 없었기 때문에 기정사실로 못박아 두고 싶었다. 내가 한국에 갈 것이라는 소식을 들은 네드는 진심으로 기뻐했다.

"아버지, 이번에는 한국에서도 정말 좋아하겠어요. 좋은 여행이 되실 거예요."

그러나 한편으로 내가 과연 한국사람들에게 환영을 받을 자격이 있나, 의구심이 들었다. 희생이야 아버지가 한 것이고 나는 한국에 대해서 의도적으로 무관심해오지 않았던가. 그동안 몇 차례의 초청을 거절했을 뿐만 아니라 오히려 화까지 낸 적도 있었다.

'제발 나를 귀찮게 하지 마세요. 나를 그냥 놔두세요.'

아버지의 공적은 아버지에게 돌리면 마땅한 것이지, 아무 공로 없는 내가 기념식장의 앞자리에 앉을 아무런 이유가 없었다. 하지만 아들은 아무 공로 없이도 아버지의 좋은 것을 물려받지 않는가. 부자 아버지에게서는 많은 재산을, 명예로운 아버지에게서는 명예를, 반대로 역적 집안의 자식, 살인자의 자식이라는 오명을 물려받기도 한다.

나는 에드워드 포니 대령의 아들, 에드워드 포니 주니어 아닌가. 아버지는 어쩌자고 나에게 자신의 이름을 붙여서 나를 옴쭉달싹도 못하게 아버지에게 묶어 놓았단 말인가. 내가 어디로 피하더라도 에드워드 포니임에는 변함이 없는 사실이었다.

한국에 가기로 마음을 굳히자 비로소 한국에 대해서 제대로 아는 것이 하나도 없다는 사실을 깨닫게 되었다. 한국전쟁에 대한 개략적인 몇 가지 사실과 요즈음 눈부신 경제 성장을 했다는 것, 그리고 아직도 분단 상태에 있는 국가라는 것 정도가 내가 알고 있는 전부였다. 그래서 틈틈이 한국에 관련된 정보를 찾아 읽기로 했다. 찾다 보니 영어로 된 자료들이 의외로 많았다.

우선 몇 년 전에 기네스북에 올랐다는 메러디스 빅토리호를 검색해 보았다.

1950년 12월, 북한 흥남에서 한 척의 배로 가장 많은 피난민 14,000 명을 철수시킨 배.

기네스북 인증서에는 그렇게 씌어있었다. 성공했으니까 망정이지 만약 그 배가 가라앉았다면 무모한 짓을 한 악명 높은 포니 대령의 아들이 되었을 것이다. 살고자 하는 사람들과 살리고자 하는 사람들의 간절한 염원을 신이 도와주셔서 기적이 일어났다고 밖에는 달리 설명할 길이 없었다.

11월 초로 한국행이 결정되었다. 나는 한국에 가기 전에 아버지의 묘지에 들렀다가 한국전쟁 참전기념관에 다녀올 작정으로 길을 나섰다. 10월의 맑은 햇살이 눈부시게 쏟아져 내려서 넓은 잔디 위에 골고루 퍼지고 있었다. 바람이 선들선들 불어오는 참으로 맑고 기분 좋은 가을 날씨였다. 나는 천천히 걸어 아버지의 묘지로 다가갔다. 한국전쟁이 끝난 후 준장으로 승진한 아버지가 거기 누워 있었다.

'아버지, 한국에서 오라고 하네요. 아버지 덕분에 한 일도 없이 제가 칭찬을 듣고 있어요. 저도 이제 노인이 되었어요. 이제 더 이상 고집부리지 않고 더 늦기 전에 다녀올게요.'

그리고 한국전쟁 참전기념관으로 발길을 돌렸다. 애써 외면해 왔지만 이곳도 내가 대면해야 할 장소 중 하나였다. 참전 당시 용사들의 모습이 소박하게 동상으로 조성되어 있었다. 우비를 입고 군장을 한 19명의 입상은 당시의 전쟁 상황을 잘 반영하고 있었다. 아마도 상륙작전을 의미하는 판초일까, 벽에는 2천 5백 명의 실제 참전 용사의 이름이 레이저로 새겨져 있었다. 많은 젊은 이들이 듣지도, 보지도 못한 먼 나라에서 총탄에 맞아 숨지고 얼어죽었다. 채 피워보지도 못한 꽃다운 청춘을 이국땅에서 마감한 젊은이들도 한스럽지만 아들을 잃고, 형제를 잃고, 남편을 떠나보낸 남은 자들의 마음은 어떠했을까.

나는 머리를 숙였다. 자식을 낳아보니 알겠다. 아들 네드가, 아니 손자 벤이 이렇게 먼 나라에 가서 싸우다 주검으로 돌아온다면……, 생각만으로도 미칠 것 같은 고통이 엄습했다. 만일 그때

한국 참전 용사들의 입상

돌아온 배

아버지가 한국전쟁에서 전사했다면 나는 어땠을까. 무사히 살아 돌아온 것으로 감사하지 못하고 어린애처럼 투정을 부렸던 지난 날의 내 모습이 부끄러웠다. 아버지는 나쁜짓을 하느라고 가정을 돌보지 않은 게 아니었다. 아버지의 어깨에는 사랑하는 아내와 자식보다 더 큰 책임이 지워져 있었던 것이다. 사람은 누구나 자신만이 감당할 수 있는 짐을 지게 마련이다. 짐을 잘 지도록 격려하는 아들은 못 되었다 하더라도 아버지의 마음을 불편하게 한 내 모습이 얼마나 초라했는지, 나는 한동안 그곳에 붙박여 있었다.

가만히 살펴보니 이 한적한 기념관에 그래도 가끔 사람들이 오갔다. 머리가 희끗한 걸로 봐서 그들도 한국전쟁에서 가족을 잃은 사람들이 아닐까, 지레 짐작만으로도 내 마음이 애틋해졌다. 누군가 작은 꽃다발을 동상의 발밑에 놓고 간 모양이다. 귀엽고 앙증스런 꽃다발이 녹색의 잔디위에서 유난히 도드라져 보였다. 동상의 주인공들은 육군이 압도적으로 많았고 해병대와 해군, 공군까지 골고루 섞여 있었다.

그 때 나이가 제법 들어 보이는 동양인 부부가 꽃을 한 아름 들고 와서 꽃다발을 멋지게 세워놓았다. 양쪽에 작은 태극기와 성조기를 사이좋게 하나씩 꽂은 화환이었다.

'우리는 당신들을 영원히 기억할 것입니다, 한국 국민들로부터'

화환의 가운데 새겨진 글귀는 어디선가 본 듯한 문구였다. 아, 저번에 받았던 초청장에도 같은 글이 있었다. 나는 자석에 끌리듯 그들에게 다가갔다.

"당신들은 한국사람입니까?"

"네, 그렇습니다."

그는 일손을 잠시 멈추고 친절하게 대답했다.

"이 꽃은 한국 정부에서 보낸 것입니까?"

"아닙니다. 이 꽃은 제 친구들이 보내는 것입니다. 설명하자면 좀 긴데요. 저는 이민 와서 연방공무원으로 일하다 은퇴했습니다. 지금은 버지니아에서 아내와 함께 꽃집을 운영하고 있습니다. 그런데 한국의 친구들이 이곳이 쓸쓸해 보인다고 꽃을 가져다 달라고 부탁을 했어요. 말하자면 매주 꽃 배달을 하고 있는 셈이죠."

"그렇다면 비용도 꽤 많이 들 것 같은데요."

"네 일주일에 한 번씩 배달을 하니까 일 년에 만 불 정도? 하여튼 그 친구들이 돈을 대고 제가 꽃을 관리하기로 한 것입니다. 꽃이 비지 않도록 요청을 하니, 관리를 잘 할 수밖에요."

"민간인들이 그런 결정을 하다니 놀랍습니다. 매주 이 곳에 오는 당신도 대단한 분이시구요."

"적지 않은 돈을 보내는 친구들도 있는데, 저야 돈을 받고 하는 일 아닙니까? 하지만 저도 그 친구들과 한 마음으로 헌화하고

한국전쟁 참전기념관에 매주 놓이는 꽃다발

있습니다. 하다 보니 보람도 있고 자부심도 생깁니다."

나는 고개를 끄덕였다. 세상 구석구석에는 알려지지 않은 아름다운 이야기들이 참 많이 숨어 있다. 그 이야기들은 작은 등불처럼 불을 밝혀서 우리의 마음을 따뜻하게 해준다.

"우리가 원래 은혜를 모르는 백성이 아닙니다. 그런데 전쟁 후 잿더미에서 앞만 보고 달리다 보니 뒤에 있던 일을 잊고 살았습니다. 한국에 있는 제 친구들이 유람선 여행을 갔다가 어느 미국 신사분에게 혼이 난 모양입니다. 그 미국 노인이 맥아더 동상 철거문제로 섭섭한 마음을 토로했던 것 같습니다. 모든 일에는 명암이 있지 않습니까. 미국이 한국에게 고마운 일을 많이 했지만, 요새 사람들 시각으로 보면 그렇지 않은 일도 많지요. 어느 시각으로 보느냐에 따라서 미국의 민간인 학살문제를 들고 나오는 사람들도 꽤 있고요. 어쨌든 한국은 6·25전쟁 때문에 누가 뭐래도 미국과 참전국들에게 빚이 있지 않습니까? 그래서 우리 친구들이라도 감사의 표시를 하자, 이렇게 시작된 일이에요."

나는 속이 뜨끔했다. 그 날의 미국 노인이라면 바로 내가 아닌가. 참 인연도 묘하구나 싶었다. 유람선에서 했던 한마디 말이 이렇게 아름다운 꽃으로 피어날 줄이야. 나의 말을 고깝게 여기지 않고 이렇게 화답해준 그들은 정말 아름다운 꽃 같은 선한 사람들이었다. 나는 꽃 배달을 하는 부부에게 진심으로 머리 숙여 감사의 인사를 드렸다.

8장

돌아온 배

1

　11월 초에 아버지가 한국에 가신다고 전화를 하셨다. 드디어 한국으로 발걸음을 옮기는 결단을 내리신 것이다. 11월의 이집트는 참으로 좋은 계절이다. 아침저녁으로는 가을처럼 선선하고 한낮엔 따뜻한 봄 날씨 같았다. 날씨만큼이나 내 마음은 따뜻하고 가벼웠다.

　"아버지, 한국은 추울지도 모르니까 겨울옷 챙겨가세요. 어머니도 조심해서 다녀 오시구요. 아마도 음식은 입에 맞으실 것 같으니 크게 걱정 안 하셔도 돼요."

　아버지는 약간 초조하신 듯했다. 동양 쪽으로는 여행하신 일이 없었고 게다가 장거리 여행은 처음이라 두려우면서도 설레는 듯했다. 이번에 한국에 가서 여러 행사에 참석할 계획이라고 하셨다.

"아버지, 잘 하실 수 있을 거예요. 한 열흘 정도 머무실 작정이세요? 잘 다녀오세요. 이번 성탄절에는 집에 갈게요."

아버지는 어린아이가 된 듯 나에게 이런저런 말을 늘어놓았다. 평소에 말수가 적은 아버지로서는 상당히 긴장하고 있다는 의미였다. 나는 이번 여행을 통해 아버지의 마음이 완전히 녹아지기를 바란다. 절대로 물러지지 않을 철벽처럼 강해 보이던 아버지도 나이가 드니 어쩔 수 없는 듯 꼿꼿한 성격이 많이 누그러져 있었다. 이번에 한국에 가시겠다고 한 것도 아버지로서는 큰 결단이었을 것이다.

아버지의 한국행은 할아버지로부터 아버지, 나와 벤을 하나로 이어주는 연결고리가 되었다. 그동안 이가 빠진 것처럼 아버지의 고리가 하나 비어 있었는데 이제 온전히 채워지게 된 것이다. 아버지, 이제 우리는 할아버지로부터 벤까지 4대가 단절 없이 하나의 끈으로 이어지게 되었네요. 참 기쁘고 자랑스럽습니다.

2

　나를 초청해준 한국의 배려에 감사한다. 비행기도 편한 좌석을 마련해 주었기 때문에 별 불편 없이 긴 여행을 할 수 있었다. 착륙 직전에 내려다보니 바다와 마을이 어우러진 풍경이 눈에 들어온다. 이 근처 어딘가에서 인천상륙작전이 펼쳐졌겠지. 내 아버지도 그때 저 해변 어딘가에서 작전을 하고 계셨겠지. 공연히 코끝이 찡해졌다. 아버지의 체취가 느껴지는 것 같았다. 하지만 칠십이 넘은 나이 탓인지 아무리 편안한 좌석이라 해도 열 시간을 넘게 비행하는 일은 힘에 부쳤다. 구두에 발을 넣으려고 하니 들어가는 데 뻑뻑했다. 손도 발도 좀 부어 있었지만, 그런 것쯤은 문제가 되지 않았다. 세련된 첨단 공항에 들어서니 참, 한국이라는 나라가 다시 보였다. 그러나 60년 전에 아버지는 이 먼 길을 어떻게 오셨을까. 좋은 비행기를 타고 오는 데도 이렇게 힘이 든데 그 당시에 불편한 배를 타고 얼마나 오랜 시간을 고생해서 여기까지 오셨던 것일까. 마음 한편이 아련했다.

　내 결혼식에 오시지 않았다고 투정을 했던 일이 후회가 되었다. 첨단 비행기를 타고 편한 좌석에 앉아서 맛있는 음식을 제공받고 갖가지의 음료수를 즐기면서도 사실 힘이 들었다. 비행기 안에서 영화를 보며 시간을 보내면서도 비행 시간이 얼마나 남았는지 자꾸만 시계를 보게 되었다. 그런데 그 시절 아버지는 이 먼 거리를 어떻게 오고 갔는지 짐작조차 할 수 없었다. 아버지도 아들의 결혼식에 참석하고 싶으셨을 것이다. 결혼식에 오고 갈 형편이 안 되었던 것을, 내가 하도 쌀쌀하게 구니까 변명조차 못 하신 것이겠지. 철없던 투정에 아버지의 마음이 상했을 것을 생각하니 후회는 물론 나 자신에게 화가 나려고 했다.

공항에 많은 사람이 나와서 우리 일행을 환영해주었다. 일행 중에는 알몬드 장군의 후손도 있고 전역한 후에 변호사가 된 당시 기관사 로버트 러니 씨도 있었다. 60년 전 내 아버지의 자취를 밟게 되니 감개무량했다. 물론 당시의 모습은 이제 어디에도 남아있지 않을 것이다. 그러나 발을 딛는 곳마다 내 아버지의 숨결이 살아있는 듯, 따스한 어떤 것이 내 마음에 스며들었다.

한국의 11월 날씨는 활동하기에 적합했다. 대기는 적당히 쌀랑하고도 선선했으며 하늘은 높고 푸르렀다. 서울로 들어가는 길목은 활기에 넘쳤고 어느 거리에나 사람이 많은 것도 무척 인상적이었다. 시내에 있는 호텔로 가기 전에 차창으로 내다 본 광화문 광장이 또한 인상 깊었다. 야트막한 산을 뒤로 하고 서 있는 옛 궁궐과 분주히 오가는 사람들은 묘한 조화를 이루고 있었다. 가이드는 광장에 두 개의 동상이 있는데 하나는 일본의 침략으로부터 나라를 지킨 이순신 장군이고 다른 하나의 동상은 한글을 만들어 주신 세종대왕의 동상이라고 했다. 이 나라 국민들이 어떤 잡음 없이 존경하는 데 동의하는 두 분이라고 소개했다.

한국에 체류하는 동안 자격 없는 나는 분에 넘치는 극진한 환대를 받았다. 주최 측에서 계획한 고궁 나들이를 통해 한국의 옛 모습을 조금이나마 이해할 수 있게 되었다. 서울에는 공원이 별로 없는 대신 여러 고궁들이 현대식 빌딩과 섞여있었다. 호텔에서 내려다보이는 덕수궁과 시청, 가까운 곳에 위치한 경복궁, 창덕궁, 창경궁, 종묘가 제 자리를 지키는 대신 높은 빌딩들이 그 사이를 채우고 있었다. 밤거리를 가득 메운 인파도 인상적이었다. 시청 앞이나 청계천 도로에는 밤에도 사람들로 북적거렸다. 분단 국가인 한국은 위험하다는 생각이 지배적이었는데 서울 사람들의 표정은 전혀 상관이 없는 듯했다.

그럼에도 불구하고 판문점에서는 전혀 다른 긴장감이 돌았다. 거리를 활보하던 서울 시민들과는 다르게 이곳은 부동의 침묵이 지배하고 있었다. 마치 전혀 다른 두 세계를 동시에 경험하는 우리 일행이 오히려 더 큰 충격을 받은 것 같았다. 경비병들은 인형처럼 움직이지 않고 제 자리에 박혀 있었다. 적대적인 두 나라 사람들이 서로를 바라보며 조금의 움직임도 허락하지 않겠다는 자세로 긴장을 늦추지 않은 채 서 있었다. 전쟁에서 휴전 협정까지의 설명이 이어졌고 그 당시 여기서 주역을 맡았던 사람들의 후손들은 그 설명에 귀를 기울였다. 아버지도 이 근처에서 분주하게 일하셨겠지, 생각하니 마치 성지 순례를 하는 것처럼 겸허한 마음이 들었다. 판문점 근처에 있는 나무들은 당시의 모든 것을 듣고 보았겠구나, 너희들이 바로 증인이로구나, 이 나무들 중 어떤 나무 그늘에 아버지가 앉아 쉬었을지도 모른다고 생각하니 나무들까지도 정겹게 느껴졌다.

판문점 여행의 다음 코스는 오래된 신라의 고도인 경주였다. 천오백 년의 세월을 버텨 온 작은 둔덕만한 왕릉들 사이로 고요가 쌓여있었다. 미국에서 보던 것들에 비하면 규모가 형편없이 작았지만 아기자기한 역사의 흔적들이었다.

드디어 우리 일행은 경주를 거쳐 포항에 도착했다. 나에게는 가장 중요한 행사인 '포니로' 명명 행사가 있다고 했다. 먼 이국 땅에 아버지의 이름을 딴 거리가 생긴다니 후손으로서 영광스러운 일이다. 곳곳에서 한국전쟁과 인천상륙, 흥남철수 60주년을 맞아 다채로운 행사가 펼쳐지고 있었다. 미국에서도 로스앤젤레스의 샌피드로 항구에서 한국전쟁 60주년 기념 크루즈 행사가 있다는 기사를 본 적이 있다. 흥남철수 당시 참가했던 약 2백 척의 배 가운데 아직도 움직일 수 있는 레인 빅토리호가 특별하게 마련한 행사였다. 1989년에 퇴역한 레인 빅토리호는 샌피드로 항구에 정박한 채, 제2차 세계대전과 한국전쟁 등에 관한 자료를 전시하는 전쟁박물관으로 쓰이고 있었다. 그 배는 아직도 일 년에 세 번 정도 가까운 섬으로 크루즈 여행을 하면서 여전히 건재함을 과시하고 있다. 7월 27일을 한국인의 날로 정해 놓고, 요금

할인은 물론이고 한국 음악이나 선상 공연까지 한국인을 위해서 특별히 기획한 행사가 진행되었다.

한국에서 행해지는 60주년 기념 행사 중에 흥남철수체험이라는 프로그램이 있었다. 북한과 막혀 있어서 그 당시의 항로를 그대로 재현할 수는 없지만 속초에서 장승포까지 나머지 항로를 그대로 따라가는 행사였다. 용산 전쟁박물관에서 출정식을 가진 150여 명의 한국인들이 2박 3일의 일정으로 속초항에서 향로봉함이라는 군함을 타고 포항에 와서 '포니로' 명명행사에 참여하기 위해 우리 일행과 합류하기로 되어 있었다. 포항에 있는 해병 제1사단이 해병 사단을 창설하는 데 도움을 준 포니 대령을 기념하기 위해 백 미터 정도의 도로에다 '포니'라는 이름을 붙인다고 했다. 우리 가문으로는 영광이었고 내가 한국에 온 가장 큰 목적도 그 명명식 행사에 참여하는 것이었다.

'포니로' 입구에는 흰 천에 덮인 기념물이 있었다. 한국의 해병대 사단장과 전 사령관이 맨앞에 서고 그 뒤에 나와 벤이, 그리고 벤 뒤에 아내가 자리잡았다. 흰 장갑을 끼고 천을 잡아당기자 'FORNEY路'라고 새겨진 기념석이 모습을 드러냈다. 위에 걸린 플래카드에는 'We Always Remember You'라는 글귀가 선명했다. 그 다음 포니 준장에 대한 치하의 말이 이어졌다. 벤이 통역한 바에 의하면, 1953년 휴전 이후, 아버지가 1957년부터 3년간 한국에서 해병대 수석 군사 고문관으로 근무한 일에 감사한다는 인사가 있었다. 그동안 한국 해병대의 인재 양성에 헌신했고 당시 포항에 있던 미 해병대 제3항공사단 부지를 한국 해병대에게 물려주자고 건의한 결과, 해병대 제1사단이 포항에 주둔하는 데 결정적으로 기여한 것에 감사한다는 내용이었다.

가족의 답사 부분에서는 벤이 나가서 인사를 했다. 한국에서 원어민 교사를 하고 있는 벤은 서툴지만 한국어를 곧잘 구사했는데, '60년이 지난 오늘까지 증조부를 기억해준 한국 해병대에 감사드리며 전시의 위급한 상황에서도 피란민들의 생명을 우선으로 여긴 증조부가 자랑스럽다'고 말했다. 나는 옆에 서 있는 손자 벤의 손을 꼭 잡았다. 전쟁이 끝났는데도 나를 홀로 두고 한국에서 근무한 3년, 전쟁도 아닌데 꼭 그렇게 해야 했는가를 늘 곱씹으면서 분노를 삼켰던 지난날의 어리석음 때문에 고개를 들 수가 없었다. 나는 모자를 더욱 깊이 눌러썼다. 단지 햇빛에 눈이 부셔서 그런 것은 아니었다.

60년이라는 긴 세월이 지났는데도 이렇게 아버지를 기억하는 많은 사람들이 있다는 사실에 감사의 눈물이 흘렀다.

'아버지, 이 나라 사람들이 당신을 영원히 기억하겠답니다. 저도 기억할게요. 다행히 못난 저보다 나은 아들과 손자가 있어서 아버지의 정신을 이어갈 것입니다. 죄송해요, 아버지. 늦었지만 아버지를 사랑하고 존경합니다.'

나는 흥남철수 체험단에게 포항에서 향로봉함을 타고 거제도로 가는 길에 동행하고 싶다는 뜻을 전했다. 짧은 구간이지만 그때의 그 뱃길을 따라 가보고 싶었다.

"원하신다면 그렇게 하십시오. 육로로도 네 시간 이상 걸리는 길이지만, 뱃길로 가서도 시간은 큰 차이가 없을 겁니다."

쾌히 승선을 허락해 주었기 때문에 별 어려움 없이 군함에 오를 수 있었다. 평소엔 포항에서 거제까지 가는 여객선 자체가 없다고 했다. 때문에 이번 여행은 특별한 경험이 될 것이다. 분명히 군함을 타 보는 것은 처음인 것 같은데, 막상 군함에 올라 보니 그리 낯설지 않았다. 언젠가 군함을 타 본 경험이 있는지도 모르겠다. 어릴 때 아버지가 태워주었던 것 같기도 한데, 어쨌든 기억이 가물가물했다.

겨울 바다의 바람이 차다고 말리는 것을 무릅쓰고 갑판으로 나와 보았다. 나는 회색의 무연한 쇳덩어리가 말없이 물길을 헤쳐가고 있는 모양을 물끄러미 바라보았다. 뺨에 와서 닿는 바람은 차가웠지만 내 안에서 불길 같은 것이 확확 타 올라와서 추운 줄도 모르고 서 있었다. 바다는 잔잔하고 물결에 닿은 눈부신 햇빛은 생선비늘처럼 반사되어 튀어 오르고 있었다. 나는 처음이자 마지막으로 이 길을 간다. 60년 전 내 아버지가 가셨던 길, 피난민들이 나무들처럼 꼼짝 않고 빽빽하게 기대서서 견뎠던 30여 시간의 항해! 그 아비규환의 엄숙한 현장을 눈앞에 그려보았다. 삶과 죽음이 이토록 가깝게 공존하고 있다는 사실을 새삼 절감

하며 눈을 감았다.

"할아버지, 곧 장승포항에 도착한대요."

어느덧 도착지까지 온 모양이었다. 손자 벤이 내 옆에 와서 섰다. 그 아이는 나보다 감수성이 풍부하다. 한국에 와서 사는 것이 자랑스럽고 행복하다고 했다. 현재 원어민 교사로서 학생들에게 영어를 열심히 가르치고 있는데, 앞으로 한국의 외교 정세와 북한과의 관계 개선을 위해 일하고 싶다는 포부를 지니고 있었다. 장승포항에는 이 날의 기념 행사를 위해 많은 사람들이 나와 있었다. 드디어 배가 닿자 우리를 환영하는 듯 노래가 크게 울려 퍼졌다. 배에 탔던 사람들도 노래를 따라서 흥얼거리며 하선 준비를 했다.

눈보라가 휘날리는 바람찬 흥남부두에
목을 놓아 불러봤다, 찾아를 봤다
금순아, 어디로 가고 길을 잃고 헤매었던가.
피눈물을 흘리면서 일사 이후 나홀로 왔다

일가친척 없는 몸이 지금은 무엇을 하나
이 내 몸은 국제시장 장사치기다
금순아, 보고 싶구나. 고향 꿈도 그리워진다.
영도다리 난간 위에 초생달만 외로이 떴다

벤은 이 노래가 한국사람들, 특히 피난민들이 사랑하는 대중가요라고 했다. 특히 흥남철수의 내용을 담고 있어서 그 분야에서는 국민가요로 유명한 노래란다. 눈보라가 휘날리는 추위를 무릅쓰고 배에 타려고 차가운 바닷물로 뛰어든 사람들, 수많은 사람들 중 가족과 헤어진 채 혹은 각각 다른 배로 내려온 사람들, 아이를 업은 채 큰 배에서 내려준 그물 사다리를 기어코 올라탄 어머니들, 빛도 없고 물도 없는 화물칸에 적재되어 배가 무사히 도착하기만 빌었을 많은 사람들, 그 와중에도 태어난 다섯 명의 아기들! 아기들이 태어나서 선원들은 더 바빠졌지만 그만큼 소망이 커지기도 했다. 선원들은 그 아기들에게 한국인이 가장 사랑하는 김치라는 이름을 붙여주었다. 김치 1번부터 5번까지.

항구에는 김치 5번이라는 이경필 씨가 나와서 우리 일행을 맞아주었다. 그는 수의사가 되었고 태어나서 지금까지 줄곧 장승포항에서 살고 있다고 했다. 그는 내게 다가와 정중하게 인사를 했다. 벤과는 구면인 듯 반갑게 손을 잡았다. 사람 좋게 생긴 그는 이 섬에서 흥남철수의 상징이 되어 있었다.

"제가 메러디스 빅토리호에서 태어난 김치 파이브입니다. 그 어려움 중에도 우리 피난민들을 구해주셔서 정말 감사드립니다. 다음번에는 제가 미국에 가서 포니 준장님 묘소를 참배하겠습니다."

그리고 기념식이 시작되었다. 나는 맨앞줄에 앉아서 '기억과 감사'라는 주제로 행해지는 기념식을 지켜보았다. 배 뒤에 돛대처럼 솟은 탑의 전면에 기억하고 싶은 사람의 얼굴이 새겨있었다. 얼마 전 세상을 떠난 현봉학 박사와 알몬드 장군 그리고 나의 눈길을 잡아 끈 아버지의 얼굴! 아, 아버지가 거기에 있었다. 감사의 축사가 진행되고 로버트 러니 변호사의 답사가 이어지는 중에도 나는 아버지의 얼굴에서 눈을 뗄 수 없었다.

'애야, 잘 왔다. 내가 여기 있잖니. 나는 항상 네 곁에 있었단다. 너와 같이 많은 시간을 보내지 못해서 정말 미안하구나. 그러나 사람이란 때로는 절실하게 필요로 하는 곳에 있어야 할 경우가 있단다. 물론 네가 마음에 걸리지 않았던 것은 아니다. 하지만 나는 네가 안전한 곳에 잘 있으리라는 믿음으로 멀리 떠났던 거야. 그리고 내가 열심히 사는 만큼 신이 너를 보호해주실 것이라고, 너를 잘 키워주실 거라고 믿었다. 남의 생명을 살릴 때, 척박한 군대의 기반을 세우는 일을 할 때도 내가 못다 한 부모의 역할을 누군가 대신 해 줄 것으로 믿으며 살았단다. 너는 훌륭한 아들로 자랐고 또 네 아들과 네 아들의 아들 역시 잘 성장하지 않았니? 나는 네가 자랑스럽고 기쁘구나.'

수많은 전쟁 포로들의 한 맺힌 사연이 잠들어 있는 거제 포로수용소 유적공원을 훑고 지나가는 바람이 내 귀에 이렇게 속삭였다.

돌아온 배

"아버지, 사랑해요. 훌륭한 아버지를 둔 저는 행복합니다."

옆에 사람들이 없었다면 나는 큰 소리로 아버지를 불렀을 것이다. 아니, 있는 힘껏 아버지를 소리쳐 부르고 싶었다. 나는 뜨거운 눈물을 속으로 삼켰다. 포로수용소를 돌아보며 안내원의 설명을 듣고 있자니 여기에서 죽음을 맞이한 젊은 넋들의 절규와 그 피맺힌 함성이 귓가에 들리는 듯했다. 한 개인에게 공산주의니 민주주의니 하는 이념이 무슨 소용이란 말인가. 부모 형제를 보고 싶을 때 만날 수 있고 열심히 일해서 먹고살 수 있다면 그것으로 족한 인생이 아닌가. 도대체 누구를 위한 이념 투쟁이고 무엇을 위한 싸움이란 말인가? 수용소를 둘러본 내 마음은 말로 할 수 없이 착잡했다. 이 포로 수용소 어느 구석에서인가 부모 형제를 부르며 억울하고 원통하게 죽어간 젊은 넋들이 이제는 평안히 잠들 수 있도록 마음속으로 빌고 또 빌었다.

3

아버지는 여행을 잘 마치고 귀국하셨다며 이집트로 전화를 하셨다. 약간 쑥스러우신지 잘 다녀왔다는 것 외에 별 다른 말씀은 없었다. 벤을 통해 들어보니 아마도 아버지는 이번 한국 여행을 계기로 마음이 많이 풀어진 모양이다. 한국에서 포니 준장의 아들로서 여러 행사에 참여하면서 모든 것을 있는 그대로 받아들이는 것 같다고 했다.

"아빠, 이제는 할아버지가 마음을 푸신 듯해요. 증조할아버지 이야기가 나와도 미소를 띠고 듣고 계셨어요. 행사장에서도 좀 수줍어하시긴 했지만 사진도 찍고 테이프 커팅도 하고, 모든 걸 순순히 다 하셨어요. 제 손을 꼭 잡기도 했는 걸요. 아마 증조할아버지에 대한 생각이 많이 바뀌셨을 거예요."

"네가 할아버지 모시느라 수고 많았다. 할머니 할아버지 두 분 다 건강하게 도착하셨다니 정말 다행이야. 아빠는 이번 크리스마스 때는 할아버지 댁에 가려고 한다. 갈 수 있을 때 한 번이라도 더 가서 뵈어야겠다."

"저도 그때가 방학이니까, 시간상으로는 갈 수 있는데, 한번 생각해 볼 게요."

"너는 한국에서 할아버지와 할머니를 만났으니까, 미국까지 오지 않아도 될 것 같다. 그렇다고 오지 말라는 말은 아니고."

아버지 때문에 벤과의 대화가 더 많아졌다. 아직 어린 나이에도 할아버지의 마음을 헤아리는 벤이 무척이나 고맙다. 이제야 할아버지와 아버지, 나 그리고 아들 벤으로 이어지는 핏줄의 고리가 단단해진 느낌이다.

크리스마스 이브다. 카이로에 있는 미국학교에도 진작 크리스마스트리를 세웠다. 그러나 거리는 한산한 편이고 큰 쇼핑몰이나 호텔에 간혹 트리가 눈에 띄는 정도로 카이로의 크리스마스는 잠잠한 편이다. 역시 크리스마스트리는 누가 뭐래도 미국이 최고인 것 같다. 미국에 도착하니 공항에서부터 트리와 각종 장식물이 요란한 빛을 발했다. 가는 곳마다 아름다운 빛의 축제가 한창이었고 내 마음도 덩달아 설레기 시작했다. 모처럼 아버지 집으로 향하는 발걸음이 가벼웠다. 왠지 모르게 꺼림칙하던 마음 한구석이 환하게 밝아지고 있었다. 아버지와 나 사이에 알듯 말듯 막혀있던 담이 어느새 사라진 것 같았다. 철들고 나서, 아니 내가 군사학교에 간다고 할 때부터 왠지 모를 그물막 같은 것이 아버지와 나 사이에 쳐진 것 같았다. 그동안 할아버지에 관한 인터뷰며 한국에서 열리는 행사에 참여하는 일들이 자랑스러우면서도 나에게는 늘 껄끄러웠다. 아버지가 해야 할 역할을 가로챈 것 같은 불편함이 명치끝에 걸려서 개운하지 않았던 것이다. 물론 아버지가 사양했기 때문에 어쩔 수 없는 일이었지만, 그래도 마음이 편치는 않았다.

아버지는 오래간만에 한국의 부름에 응했다. 그것 하나만으로도 올해의 크리스마스는 의미 있는 축제가 될 것 같다. 이제 아버지는 온전한 자신의 위치, 즉 포니 준장의 아들의 자리를 되찾은 것이다.

고맙게도 아버지가 공항으로 마중을 나오셨다. 추운 날씨인데도 아버지의 표정은 한결 쾌활해 보인다. 아버지가 나와 아내를 포옹하고 나서 우리는 차에 올랐다.

"한국 여행 좋으셨어요?"

이미 전화로 통화를 끝낸 일이건만 다른 할 말이 없어서 또 한국 이야기를 꺼내들었다.

"그래, 참으로 좋은 여행을 했다. 사람들도 친절하고 잘 대해 줘서 여러 가지로 고마웠단다. 이집트 생활은 어떠냐?"

"거기도 익숙해지면 괜찮아요. 생각보다 살기 좋은 곳이에요."

아버지는 고개를 끄덕이며 조용히 웃었다. 드디어 그리운 집 앞에 도착했을 때 유난히 화려하게 장식한 크리스마스트리가 눈에 한가득 들어왔다. 정원에서 현관까지 죽 이어진 불빛이 마음까지 환하게 밝혀주었다. 나뭇가지 위에서 수많은 전구가 은하수처럼 반짝거리고 있었다. 마치 작은 우주가 우리집에 펼쳐진 것 같았다.

"와, 이걸 다 아버지가 만드셨어요?"

"그래, 더 늙기 전에 용기를 냈다. 멋있니?"

"대단하세요. 이걸 하는 데 얼마나 걸렸어요?"

"틈나는 대로 꼬박 열흘은 걸린 것 같다."

어머니는 현관에 들어선 우리를 보고 활짝 웃었다. 맛있는 음식 냄새가 실내를 가득 채우고 있었다. 고향에 돌아온다는 것은 이런 것이구나, 정말 기뻤다. 집으로 돌아오는 것이 이토록 포근하고 눈물 나게 감사한 일이라는 것도 처음으로 실감했다. 그동안 여러 번 아버지의 집에 왔었지만 아버지의 집이 이렇게 풍성하고 편안하다는 사실도 새삼 처음 깨달았다. 집 전체가 나를 포근하게 감싸주는 느낌에 나는 다시 어린아이가 된 것 같았다.

"아, 저 배가 어떻게 여길?"

현관에 들어서던 나는 놀라움에 발을 멈추었다. 거실 한가운데 자리잡은 벽난로 위에 군함이 한 척 올라가 있었다. 배는 위풍당당하게 우리를 내려다보고 있었다. 어린 시절 지하실에서 잠깐 보았던 그 배가 분명했다. 나는 마치 꿈을 꾸고 있는 것 같았다.

"아버지, 혹시 제가 어렸을 때 지하실에 있던 그 배가 맞아요?"

아버지는 대답 대신 미소를 지으며 고개를 끄덕였다.

"그때는 제가 잘못 본 줄 알았어요. 그동안 저 배는 어디에 있었을까요?"

꿈에도 생각하지 못한 오래된 벗을 길거리에서 우연히 만난 듯, 그 배를 보니 무척이나 반가웠다. 순간, 반갑다는 말로는 표현할 수 없는 크나큰 기쁨이 내 마음을 가득 채우고 내 영혼을 충만하게 적시며 넘실거렸다.

"저 배는 아주 먼 곳으로 여행을 다녀왔단다. 무사히 잘 도착해서 저렇게 제 자리로 돌아온 거지."

"그래도, 가지고 계셨네요."

"그럼, 내가 아버지한테 받은 가장 큰 선물인데, 누가 탐낼까봐 꼭 숨겨뒀지."

아버지와 나는 마주보고 큰 소리로 웃었다. 결국 배가 돌아왔구나. 나는 감격에 겨워 배를 쓰다듬어 보았다. 눈물이 핑 돌았다. 그동안 어둠속에서 갇혀있느라 애썼다. 배야, 돌아와 줘서 정말 고맙다. 나는 아버지의 두 손을 꼭 잡았다.